文春文庫

江戸に花咲く

時代小説アンソロジー

宮部みゆき　諸田玲子　西條奈加
高瀬乃一　三本雅彦

文藝春秋

目次

江戸に花咲く

時代小説アンソロジー

祭りぎらい

西條奈加

西條奈加（さいじょう・なか）
一九六四年北海道生まれ。二〇〇五年『金春屋ゴメス』で日本ファンタジーノベル大賞を受賞しデビュー。二〇二一年『心淋《うらさび》し川』で直木賞受賞。
本作は「狸穴屋《まみあなや》お始末日記」シリーズの一篇。

「こんちは！　女将さんはおりやすかい？」

　この屋の暖簾《のれん》を、快活にくぐる者はめずらしい。つい相手を、じっくりと確かめた。

　職人風で、歳は絵乃《えの》と同じくらいだろうか。二十三、四に見えた。

「相すみません、主人はあいにくと出ておりまして。よろしければ、代わりにご用の向きを承ります」

「ええと……新しく入った、お女中ですかい？」

「いえ、手代です。申し遅れました、絵乃と申します」

　畳に手をついて辞儀をする。土間に突っ立っていた客が、へえ、とたちまち興を寄せる。

「なんだよ、新しい手代が来たなんて、きいてねえぞ。ひょっとして、お志賀《しが》さんの代わりかい？」

「はあ、まあ……」

「いやあ、こんな若い器量よしがいるなら、もっと早くに足を運ぶんだった。いつからここに？　歳はいくつだい？」

框《かまち》に腰を下ろして、軽い調子で問いを降らせる。こういうぐいぐい来る手合いも、歯の浮くようなべんちゃらも、絵乃は何よりも苦手とする。前の亭主を、彷彿させるからだ。

ようやく離縁が成ったというのに、またぞろ同じ間違いをしでかすつもりはない。

「『狸穴屋《まみあなや》』は、公事宿《くじやど》です。公事のご用がおありでしょうか？」

「おお、なかなか堂に入ってるじゃねえか。女将やお志賀さんの受け売りかい？」

背筋を伸ばし、きりりと告げたが、相手にはまったく効き目がない。子供でも眺めるようににこにこする。口ぶりからすると、初見の客ではなさそうだ。ただ、年齢や身なり、何よりもこの明朗さが、公事宿の客にはとても見えない。

公事とは訴訟、つまりは双方が揉めに揉めた果てに、最後に行き着く手段である。村と村、町と町、あるいは家と家での諍《いさか》い。もしくは同じ屋根の下に住む者同士の悶着もある。

概ねは内済――内々に事を収めるのだが、相談がこじれて如何《いかん》ともし難い事態に陥ると、裁判沙汰となる。この訴訟や裁判が公事であり、これを手助けするのが公事宿である。

「お客さまは、前にもこちらにいらしたことが？」

「まあ、何度か。最初はこおんな、小っさい頃だったがな」

客は己の目の辺りを、手で示す。幼児の頃に連れられてきたというなら、思いつくことはひとつしかない。

「もしや、親御さまが離縁なされたのですか？」

「そのとおり。それがな、きいてくれよ。うちは代々、型付師《かたつけし》でよ」

「型付というと、浴衣や小紋の？」

「ああ、うちは浴衣を専らとしていてな。知ってるか？　浴衣の型付がいちばん手間なんだぜ。型送りと型継ぎばかりじゃなく、表と裏の柄も、ぴったり合わせねばならねえからな。おれもじいさんに、そいつを叩っ込まれたが、未だに技がおっつかねえ」

型紙を布地に置き、その上から糊を置いて模様をつけるのが、型付と呼ばれる工程である。糊を置いた部分だけ染料がつかず、白く染め抜かれて模様が浮かぶ。

細かな模様を散らした小紋や、浴衣なぞに用いられるが、柄の継目がわからぬよう、ぴたりと合わせる型継ぎが、まず肝になる。さらに裏地のない浴衣の場合は、表と裏、両方から染めを施さねばならず、この表裏の模様合わせも必要となり難度はぐんと上がる。

職人は型付について一席打《ぶ》ったが、歯切れのいい弁舌に釣り込まれて、ふんふんと絵乃もしばしきき入った。

「お客さまも、おじいさまやお父さまから、難しい技を仕込まれたのですね」

「いや、親父は途中で逃げちまった。まあ一応、修業は終えて、職人として働いていたんだが、うちのじいさんは厳しい上に口が悪くてな。実の息子には、いっそう風当たりが強い。毎日毎日、馬鹿、間抜け、すっとこどっこいと怒鳴られて、いい加減頭にきたんだろうな。ぷいと家をとび出しちまって、それっきりよ」

「まあ……お父さまは、いまどちらに？」

「それがよ、金沢だぜ。加賀友禅てえ派手な染めに魅《み》せられて、そいつの技を身につけるとか抜かして、ひとりで行っちまった」

「お母さまは、金沢までご一緒されなかったのですか？」

「おふくろは、江戸に店があったからな。放っていくわけにもいかず、めでたく離縁が成ったというわけよ。おれは四つだったから、あまり覚えちゃいねえがな」

　離縁となれば、男子は男親に、女子は女親に引きとられるのが通例で、加えて父親が出奔した以上、曲がりなりにも跡継ぎの立場となる。母親が家を出た後は、祖父母のもとで育てられたと、職人は語った。

　口調はからりとしていたが、いわば幼くして、実の両親と引き離されたに等しい。さぞかし物思いは深かったろうと、内心で同情する心持ちがわいた。

「お小さい折に当旅籠《はたご》にお見えになったのは、やはり親御さまの離縁のためですか？」

「いんや、離縁はまったく関わりねえよ。おふくろに会いにきただけだ」

「お母さまに、会いに……？　え？　それはどういう……？」

頭がこんぐらがってきたところに、この屋の母娘が帰ってきた。

女将の桐《きり》と、娘の奈津《なつ》である。職人を認めるなり、奈津が声をあげる。

「あら、佐枝《さえ》兄さん！　来ていたの？」

「お兄さん……？　お奈津さんの……？」

「ええ、兄の佐枝吉《さえきち》よ。ちなみに三番目の兄で、あたしのすぐ上。お父さんはおっかさんにとって、四人目のご亭主になるけれど」

あっけらかんと、奈津が返す。奈津は今年十八で、佐枝吉は五つ上だというから二十三、絵乃よりひとつ年下だった。

「てことは、この方は、女将さんの……」

「ああ、息子だよ。五人兄弟の、ちょうど真ん中でね。そういや、お絵乃は初めてかい？」

「兄さんたちも、小さい頃はよく通ってきたけれど、大人になってからは、滅多にここには顔を出さないものね」

「こんな可愛い新入りがいるなら、これからは足繁く通わせてもらわあ」

「相変わらず、調子が軽いわね、佐枝兄さんは」

「言っとくが、うちの手代に手を出したら、たとえ息子でも承知しないよ」

「七人もの亭主を袖にした、おっかさんに言われてもなあ」

「なに言ってんだい、あたしが物分かりのいい女房だからこそ、手早く離縁が成ったんじゃないか」

「手早くって、いいのかそれで？」

「さっさと手早く離縁を収める。それが狸穴屋の身上だからね」

女将の桐が、胸を張る。すでに五十を越えているが、自らが七度の離縁を経て、それぞれ父親の違う五人の子を儲けた。離縁においては、紛うことなく玄人の域だ。

この女将の差配の許、狸穴屋がもっとも得手とするのが離縁であった。

めでた尽くしの結縁《けちえん》に対して、離縁はいわば負の連鎖と言える。もつれてこじれるのはあたりまえ、金で片がつくならましな方と言える。離縁の難しさは、情が絡むからだ。怒りや恨みであったり、あるいは子やつれあいへの情愛であったり。どちらにせよ、絡み合って固い結び目となり、どうにも解けなくなった挙句、公事宿を頼ってくる。

公事も辞さないとの覚悟をもって、訪ねてくる者も多かったが、離縁の場合はできるだけ内済を心掛ける。公事とはその名のとおり、事を公にすることだが、情が衆人に晒されることで、傷つくのは当人たちであるからだ。

絵乃は去年の秋に雇われ、三箇月の見習い期間を経て、今年の初めから正式に狸穴屋の手代となった。それからふた月余しか経っていない、まだまだ新参だ。

今日のような勘違いやしくじりも茶飯事だが、有難いことに心強い指南役がいる。

親子三人が、わやわやと賑やかにやり合っていたところに、指南役が帰ってきた。

「あれ、佐枝じゃねえか。めずらしいな、いつ以来だ？」

「椋兄《むく》、久しぶり！　たしか去年の月見で会ったから、半年は経っちまったな」

手代の椋郎《むくろう》は、新参の絵乃の指南役を務めている。佐枝吉からは椋兄と呼ばれ慕われているようだが、女将の息子ではなく雇いの手代である。

「佐枝がこの屋に来るなんて、近頃じゃなかったろ？　何か用向きがあったのか？」

「そうだった！　おっかさんや椋兄に相談事があったのに、すっかり忘れてた！」

椋郎に水を向けられて、佐枝吉が肝心要の用件を思い出す。

「知り合いの笛師《ふえし》が、女房の親から離縁を申し渡されてよ。何とか離縁に至らぬよう、力を貸しちゃくれねえか？」

「つまりは離縁じゃなく、縁を戻してほしいってわけか？」

椋郎が念を入れ、佐枝吉がうなずく。いつもとは逆の頼みだが、桐はそこには頓着せず、息子に仔細を乞うた。ひととおりの経緯《いきさつ》をきいてから、女将は手代にたずねた。

「どうだい、椋、収めてやれそうかい？」

「五分五分といったところでやすが、ひとまず当人たちから話をきかねえと。まずは亭主に会って、それから女房と親御さんにあたってみやす」

「あの、あたしもご一緒して構いませんか？」

「ああ、頼まあ。笛師のかみさんは、お絵乃さんに任せるよ」

新参にとっては、何事も肥やしとなる。勇んで同行を申し出た絵乃に、椋郎は気軽に応じ、女将も許しを与えた。

「それにしても、めずらしい離縁の種ね。これまできいたことがないわ」

「男の側の離縁の理由《わけ》は、たいがい酒、博奕《ばくち》、女癖と、相場が決まっているからね」

奈津と桐のやりとりに、思わず絵乃も大きくうなずく。絵乃の離縁の因《もと》も、やはり元亭主の女癖の悪さである。

「まさか浅草の三社祭が、離縁の種になるとはなあ」

「何事も、過ぎたるは猶及ばざるが如しってことだね」

椋郎のため息に、桐が苦笑する。いわば祭り狂いのために、婿入りした妻の家から離縁を申し渡されたのは、近次《ちかじ》という笛師だった。

「三社祭はたしか、三月十七日と十八日だったたな。あと十日もねえってことか」

翌日、椋郎と絵乃は、浅草に向かった。三月初めに桜が咲いて、それから数日、花冷えが続いたが、今日はすっきりと晴れて、どこぞの庭で咲いているのか、青空を背景に舞う花弁が美しい。

浅草御門を抜けて、神田川に架かる橋をわたる。川のそこここに桃色の絵具を落としたように、花弁の溜まりが浮いていた。

「何だか、懐かしいですね、三社祭。あたしも元は浅草に住んでいたから……」

桃色の溜まりをながめながら呟くと、心配そうな声がかかる。

「大丈夫か？　気が進まねえなら、今日はやめておくか？」

いかにもこの手代らしい気遣いだ。たしかに浅草には、嫌な思い出の方がよほど多い。

「平気です。椋郎さんは、少し心配が過ぎますよ。あたしは子供じゃないんですから」

「と言ってもなあ、まだふた月余しか経ってねえし」

「ふた月もあれば十分、もう過去《むかし》の話です」

あの泥沼のような暮らしから、ようやく抜け出せたのだ。過去と言えることは幸せで、憂いから解き放たれたいまが、何よりも有難い。

「そうか、それならいい。すまねえな、余計なことを」

椋郎は詫びたが、気の優しいこの手代ならではの心遣いだとわかっていた。

「そういや、おっかさんとの暮らしはどうだい？　もうすっかり落ち着いたかい」

「はい、おかげさまで。落ち着いたのはいいけれど、おっかさんが働くといってきかなくて。こっちは楽隠居させるつもりでいたってのに。結局、大家さんの口添えで、近所の仕出屋で下働きを始めたんですよ」

「近所ってえと、どこだい？」

「同じ橘町の一丁目です。うちは四丁目ですけど、堀沿いにある仕出屋で」

絵乃はそれまで狸穴屋で寝起きしていたが、正月半ばからは長屋を借りて、母とふたりで住んでいた。橘町の長屋から北に向かい、横山町を抜けると、狸穴屋のある馬喰町《ばくろちょう》二丁目に至る。

馬喰町は、とかく公事宿が多い。江戸には方々に公事宿が点在するが、数の多さでは馬喰町は頭ひとつ抜けている。公事宿を名乗るには、幕府公認たる公事宿株が必要であり、それ以外の公事師は、いわばもぐりであった。

狸穴屋は、桐の二人目の夫の生家であったが、亭主は蘭学修業を志し、長崎に行ってしまった。どうも桐は、下手に志しが高く、地に足のついていない男を好む——とは娘の奈津の言い分だが、決して外れてはいないようだ。現に奈津の父は剣の武者修行に、佐枝吉の父は金沢友禅に憧れて、それぞれ江戸を離れた。

一方の桐も、負けず劣らずの強者だ。先代たる義父から頼まれて、息子の代わりに狸穴屋の跡継ぎに据えられたときは、まだ二十二歳だった。先代や番頭から公事のやりようを仕込まれ、先代亡き後は女将として狸穴屋をまわしてきた。

七度の結婚と離婚、五度の出産を経た上での話である。いったいどうしたら、そうも逞しくなれるものかと呆れるほどだが、桐の存在は眩しく、また勇気も与えてくれる。

たった一度の離縁すら、絵乃には人生の一大事であり、別れる縁には垢じみた負の感情がごっそりと剝がれてくる。こんなに溜め込んでいたのかと、怖気《おそけ》が立つほどだが、狸穴屋と桐のおかげで、どうにか乗り越えられた。

だが、そのきっかけをくれたのは、となりにいる椋郎だ。亭主のことで参っていた絵乃を拾って、狸穴屋へと連れていった。この男の性分であり、犬猫を拾うのと変わりないのかもしれないが、それでも絵乃は有難く思っていた。

「こんなふうに存分に春を味わえるなんて、去年の今頃は考えてもいなかった……これも椋郎さんのおかげです」

「え？　何か言ったかい？」

「いえ……桜の花弁が、どこから舞ってくるのかなって」

「大方、その辺の武家屋敷だろ。川のこっち側は、大名屋敷が多いからな」

椋郎が律義にこたえる傍から、風がまた桃色の桜吹雪を運んできた。

近次という笛師に引き合わされたときは、少々面食らった。

「こいつはまた、何ともご立派な……」

と言ったきり、椋郎はしばし口をあけた。絵乃もまた、相手の体軀に圧倒される。力士と見紛うような大男で、丈も高いが横も相応だ。からだの大きさは憧れでもあり、相撲人気もそれ故だ。椋郎もまた、羨望の眼差しを向ける。

「わはは、でっけえだろ。こんなでけえのに、肝っ玉は小さくてな、鼠くれえしかねんだ」

となりに座る佐枝吉が小柄なだけに、近次の大きさがいっそう際立つ。

待ち合わせ場所は、浅草聖天町《しょうでんちょう》にある『長七《ちょうしち》』という蕎麦屋だった。店を訪ねると、そのまま奥に通されて、言われるまま二階に上がる。二階は蕎麦屋一家の住まいのようで、二日前に家を出された近次は、ここで厄介になっていた。

「ほれ、近次、挨拶しろい」

佐枝吉に肘で小突かれたが、細い目をぱちぱちさせ、金魚のように小さな口をあけた。

「こ、こんちはご面倒をお頼みして、申し訳ありやせん……」

大きなからだを精一杯すぼめて、蚊の鳴くようなか細い声を出す。いたって口が重く、また恥ずかしがりでもあるようだ。勢い仔細を説くのは、主に佐枝吉の役目となった。

「近次は入婿でな、この聖天町にある笛師の家に入った。四年前のことだ」

義理の父親は、相模弥兵衛《さがみやへえ》。浅草では名の知れた笛師で、五人ほどの弟子もとっている。ただ、近次は弥兵衛の弟子ではなく、別の師匠のもとで修業したという。

「それじゃあ、ご妻女との馴れ初めは？」

「お宗《むね》とは、祭りで出会って……」

椋郎の問いに、近次は恥ずかしそうに下を向く。

宗はひとり娘であり、おそらく弟子の誰かと添わせるつもりでいたのだろうが、あろうことか娘は、親を蚊帳の外にして相手を決めてしまった。娘可愛さに婿入りを承知したものの、癪《しゃく》の種であることには変わりない。

「言っとくが、笛師の腕にかけちゃ、近次に不足はねえんだぜ。職人てのは、それぞれこだわりがあるからよ、所変われば、やりようも出来も変わる」

近次は最初こそ苦労したものの、素直に弥兵衛の笛を真似て、また根気の良さも手伝って、この三年で、ほぼ習得したという。

「ほんの三年で……たいしたものですね」

自身も新参だけに、決して世辞ではなく、心からの褒め文句だ。

「同じ篠笛でやすから……」

近次は謙遜したが、緊張が解けたのか、初めて丸い顔に笑みが浮かんだ。

「篠笛というと、囃子で吹く横笛ですかい？」

「へい、お見せしやしょうか」

近次は傍らの棚に手を伸ばす。十本ほどの篠笛が並んでおり、一本を抜き出して椋郎に見せた。

　横笛は、龍笛《りゅうてき》や能管《のうかん》、神楽笛《かぐらぶえ》などさまざまあるが、庶民にもっとも親しまれたのが篠笛である。細い篠竹を材として、燻煙や漆を施した物もあるが、大方は竹の地のままで素朴な作りだ。歌口と呼ぶ吹き孔《あな》に、指孔は七つ。孔の配置は、雅楽に使われる龍笛と同じだと、近次は少し饒舌になって語った。

「指孔が五つや六つの笛もありやしてね。音の高さによって、長短は十二本。長いほど音が低くて、いちばん長くて音が低いのが一本調子でさ」
二、三と上がるごとに、笛は短く、音は高くなり、十二本調子まであるという。
「いわば十二律になりやして、律はもともと竹の管で、長さによって音の高さを決めたそうでさ」

　十二律の音階は中国で定められ、後に朝鮮や日本に伝わったと近次は説いた。初めてきく話に、椋郎や絵乃は感心したが、佐枝吉はふたたび近次を小突く。

「能書なんぞより、もっとわかりやすい方があるだろ。吹いてくれや、近さん」

「え、でも、相談の場で無作法じゃ……」

　近次は尻込みしたが、手代ふたりも、ぜひ、と乞うた。

「それじゃあ、少しばかりお耳汚しを……」

　この笛は、八本調子だと告げて、近次は笛を構えて歌口を下唇に当てた。

とたんに笛が、軽やかな音色で歌い出す。調子は心地良く、音は澄んでいて、まるで爛漫の春を祝うかのように、開け放した窓から、音が空へと上っていく。

笛の作り手だけに相応に馴染んでいようが、その域を越えている。玄人はだしの腕前に、公事も離縁もしばし忘れて、気持ちの良い音色に絡めとられる。

祭囃子を一節《ひとふし》披露して、近次は笛を置いた。すぐさま惜しみない賛辞を贈るつもりが、それより早く、外からわっと歓声がわいて拍手が響く。

「いよっ、近次！　今日もいい歌いっぷりじゃねえか！」

「本当に惚れ惚れするねえ。あの笛をきくと、寿命が延びる心地がするよ」

「祭りも頼むぜ！　楽しみにしてるからよ」

往来からやんやの喝采を浴び、近次は照れながらも、窓から顔を覗かせて、下に向かってぺこりとお辞儀する。

「いや、参った。これほどの笛の名手とは……」

「本当に、何て音色かしら。座ったまま、からだが弾みそうになったわ」

そうだろ、そうだろ、と当人よりも佐枝吉の方が得意顔だ。

「三社祭でも、近さんの笛は当てにされてな。付祭《つけまつり》の囃子方を任されてんだ」

「てっきり、神輿の担ぎ方かと……」

「こんなでかいのが混じっていちゃあ、神輿が傾いちまわあ」

つい口にした絵乃に、佐枝吉が軽口で応じる。

「二年前は担ぎ方を頼まれやしたが、おれは元から囃子が好きで」

「近さんを引き抜かれちまって、下谷《したや》の衆としちゃ大損だがな」

「ああ、もしかして、近次さんは以前、下谷にいたのかい？」

「そうだよ。あれ、椋兄に言ってなかったか？」

「きいてねえぞ。下谷にいる佐枝と、浅草の近次さんがどう繋がるのかと」

「おれが笛作りを教わった親方が下谷にいて、佐枝吉つぁんの家とはごく近所でして」

「近さんが修業していた頃は、互いによく行き来してな。だが、何と言っても近さんといや祭りだ。下谷稲荷の祭りでは、十五の歳から囃子方に重宝されていたんだぜ」

江戸の大祭と言えば、まず天下祭として名高い、神田祭と山王祭。浅草三社権現祭礼もまた、天下祭に次ぐ人気を誇った。

そして祭りでもっとも人気の出し物は、神輿でも山車《だし》でもなく付祭である。

付祭はいわば踊屋台で、娘や子供が屋台に乗って手踊りをする。踊り手は町内の氏子に限らず方々から集まり、踊りや音曲は祭りのたびに、それぞれの町内が趣向を凝らす。

神田祭や山王祭では、付祭のために玄人の芸人と囃子方が招かれて、出し物を吟味し囃子を奏する。三社祭でも気合の入れようは同じで、やはり玄人頼みの町内もあったが、聖天町の住人は、近次の笛に惚れ込んで、今年は囃子方の元締めを任せた。

「でも、そのために、お宗と別れる羽目に……親父さまが怒るのも、無理はねえ」

「近さん……」

丸まった広い背中を、宥めるように佐枝吉がさする。小さな身で大きなからだに寄り添うようすは、絵乃の目には微笑ましく映った。

「仔細は伺っております。ひとつだけ、確かめたいことがございます」

椋郎は公事師の顔になり、口調も改めて近次にたずねた。

「近次さんは、ご妻女とは別れたくない。お気持ちとしては離縁には承服しかねると——そのご存念で、間違いありませんね？」

細い目に涙をためながら、うんうんと何べんもうなずく。

「でも、こうして三行半《みくだりはん》をもらっちまっては、どうにもできねえんじゃ……？」

三行半は、夫が妻に宛てて書くものだが、入婿の場合は立場が逆になる。

近次が見せた三行半は、相模弥兵衛の名で認《したた》められていた。

椋郎はその紙を受けとって、内容を確かめてから近次に言った。

「この状は、お預かりいたします。必ず、とは申せませんが、どうにもならないことをどうにかするのが、手前ども公事宿です。精一杯、努めさせていただきます」

椋郎がきっちりと頭を下げて、絵乃もそれに倣う。

少しは励みになったのか、近次は洟をすすって、お願いしますとふたりに応じた。

蕎麦屋を出て、通りを北に向かう。この道を行くと吉原遊郭で有名な山谷堀《さんやぼり》に至るが、その手前で聖天町は終わっていた。山谷堀に架かる橋が見えてきた辺りで脇道に入る。

笛師の家は、裏通りながら二階屋で、間口も相応だった。表が仕事場になっていて、弟子がそれぞれ作業に従事している。ひとりが客をとりつぎ、奥から主人が出てきたが、用向きを告げるなり、きつい目で睨まれた。

「公事宿だと？　近次ときたら、姑息な真似を」

相模弥兵衛は、壮年の細身の男で、婿とは見事なまでに対《つい》をなしていた。

「近次さんは、こちらさまとも娘さんとも、縁を切りたくないとお望みです。どうかお話だけでも……」

「赤の他人に、家内に立ち入らせるつもりはない！　帰ってくれ！」

けんもほろろのあつかいで、とりつく島すらない。椋郎も粘ったが、父親は頑として譲らない。

「相模の若頭の立場だというのに、半月ものあいだ仕事を放ったらかして、祭りにかまけているのだぞ。おまけに娘まで巻き込んで、遂にはあのような始末に……」

唇を固く引き結び、握った拳は震えていた。

「むしろ訴えたいのは、こちらの方だ！　黙って出してやっただけでも有難く思えと、近次にはそう伝えろ！」

腹にたまった鬱憤を吐き出して、背を向けた。しょうことなく退散し、椋郎がため息をつく。

「参ったなあ、思った以上のこじれようだ……さて、どうするか」

ここまでやり込められても諦めてはおらず、それが頼もしい。

「こうなったら、外堀から埋めるしかなかろうな。親戚縁者やご近所を片端から当たって、とっつきを探さねえと……とはいえ、暇をかけると金もかかるからなあ。あまりに嵩むと、払いようが……」

「椋郎さん、手始めに、あのお人にきいてみては？」

ぶつぶつと呟いていた手代に声をかけ、相模の家を指し示す。出てきたのは、四十がらみの女中だった。互いにうなずいて後を追う。表通りに出たところで、絵乃が呼びとめた。公事宿の者だと明かして、用件を告げる。

むっと名乗った女中はいたく驚いたものの、すぐさま同情を口にした。

「若内儀《わかおかみ》も、若頭と同じお気持ちなんですよ。今回の不始末は、若頭のせいじゃない。大事にしなかった己のせいだと仰って……」

妻の宗は、身重のからだだった。一緒になって三年、初めてできた子である。喜びもひとしおだったが、時を同じくして、近次は毎日、祭り稽古のために家をあけるようになった。宗は止めるどころか喜んで夫を送り出し、自らも差し入れを手に、毎日のように稽古場に通った。

しかし稽古場でかいがいしく立ち働いていた折に、急に腹痛を訴えてその場で倒れた。産婆が手当てして、宗は辛うじて事なきを得たものの、お腹の子は流れてしまった。

「お頭さまは初孫を楽しみにしていただけに、がっくりきなすったのでしょうね。怒りの矛先をすべて、若頭に向けられて……離縁はさせないでくれと若内儀も乞うたのですが、お頭さまはきき入れず、若頭を追い出してしまわれて」

弥兵衛の気落ちは、十二分に察せられる。ただ、娘がいちばん辛いときに、夫と引き離すのはやり過ぎだ。現に娘は、夫が去ってからよけいに加減が悪くなり、すっかり寝付いてしまったという。

「もとよりご主人は、近次さんを快く思っていなかったのでしょうか？　おふたりの仲は、いかがでしたか？」

そもそも親の決めた縁談ではないだけに、それだけでも不足と言えよう。また共に暮らしてみれば、気性が合わない、仕事ぶりが気に入らないなど、義理の親との確執はよくある話だ。しかし女中は、あいまいに首を傾げた。

「どうでしょうか……決して仲が悪いわけではないと思います。馴れ初めはともかく、若頭は大人しくて素直なご気性ですから、お頭さまには逆らわず、笛の仕立てにも精進なさいました。少なくとも若頭が拵えた笛には満足なすっていたと、弟子の者たちからきいています。ただ……」

「ただ……？」

「若頭が笛の音を披露するたびに、嫌な顔をされていました」

「あんなにいい音なのに？」と、絵乃がにわかに驚く。

「はい、一度や二度ではなく何度も……遂には無暗《むやみ》に吹くなと達せられて、若頭も家の中では遠慮するようになりまして」

ついさっき、近次が奏でる音色にきき惚れたばかりだ。思わず椋郎と顔を見合わせた。

「若内儀もやはり、若頭の笛がお好きだっただけに残念に思われて。稽古場に通っていた頃は、毎日、若頭の笛をきけて幸せだと仰ってましたのに……」

痛ましそうに、むつは目を伏せた。やりとりを絵乃に任せ、椋郎はしばし考え込んでいたが、ふいに顔を上げた。

「ご主人は、近次さんの作る笛には満足していたが、奏でる笛の音は嫌っていた。つまりは、そういうことになりやすね？」

「はい……もとよりお頭さまは、祭りそのものが、あまりお好きではなくて」

「篠笛の職人が、祭り嫌いってことですかい？　そいつは存外でやすね」

よほど意外だったのか、日頃の口調に戻って、椋郎が驚きを口にする。着物に興味のない仕立師や、甘味の苦手な菓子師がいても不思議はないが、やはり引っかかりは覚える。

「人は立て込むし騒々しいし、笛や太鼓の音も耳障りだと仰いまして。若頭と若内儀が祭り稽古にかまけることも、面白くなかったのだと思います」

きいているうちに、だんだん腹が立ってきた。好き嫌いは仕方がない。ただ、それを人に押しつけて、挙句に娘夫婦の仲を裂くのは、どうにも納得がいかない。同時に、絵乃の中に、強い思いが兆した。

「ほんの短い間で構いません。若内儀に、お目にかかることはできませんか？」

父の弥兵衛には断られてしまったが、何とか目を盗んで、密かに会って直に話したい。絵乃は懸命に乞うた。

「このままでは、おふたりは離ればなれになってしまう。互いに思い合っているのなら、何とか力になって差し上げたいのです」

「ですが若内儀は、未だに床に臥せっておりますし」と、むつは困り顔を向ける。

本当ならこんなとき、頼りになるのは娘の母親だ。しかし弥兵衛の妻は、六年前に他界しており、後添いは迎えていない。父の世話や家内の仕切りは、娘の宗が引き受けて、婚期が遅れたのはそのためだった。娘の我儘を許して近次を婿にしたのは、その引け目もあったのではないかと、むつは見当を口にした。

「あたしも六年前、お内儀が亡くなられてから雇われたので、それ以上のことは……」

買物を済ませねばならないと、立ち去る素振りを見せたが、椋郎が食い下がる。

「どなたかご親類に、若夫婦のお味方に立ってくれそうなお方はおりませんか？」

「ご親類は皆、遠くにいらして、文のやりとりはしても、行き来はほとんどありません」

止めを刺されて、椋郎も諦めるより仕方ない。礼を告げて、むっと別れた。

「参ったなあ、まるで城の石垣じゃねえか。手をかけるとっかかりすら見つからねえ」

めずらしく弱音を吐く椋郎とともに、ひとまずさっきの蕎麦屋へと戻る。

意外なことに、とっかかりはその蕎麦屋、長七にあった。

「そうか……やっぱり親父さまは、許しちゃくれねえか」

ひときわ立派な体軀が、しょんぼりするさまは痛ましくてならない。佐枝吉が帰った後だけに、沈んだ空気をかき回す者もおらず、埃のように下へと落ちてくる。

「三社祭が終わったら、おれは下谷に帰ります。女房の具合だけが、気掛かりでやすが」

「近次さん……」

「もういっぺんだけ、おれの笛を、お宗にきかせたかった」

膝に置いた笛を、近次はそっと撫でた。まるで笛が妻であるかのように、愛おしそうな眼差しを注ぐ。

「おれたち、下谷の祭りで会ったんでさ。囃子で笛を吹いて、終わると娘がすっとんできた。いままでにきいたどんな笛よりも、心に響いたって褒めてくれて。おれが笛師だと知ると、いっそう目を輝かせて……お宗との出会いは、運命《さだめ》に違いねえと思えやした」

糸のような目から、ほろほろと涙をこぼす。夫婦の情愛を目の当たりにするようで、胸が苦しくなった。慰めようもなかったが、幸い佐枝吉の代わりの引立て役が、階段を上ってきた。

「なんだなんだ、また泣いてんのか。まったく、形《なり》はでかいくせに意気地がねえな。ほれ、こいつを食ってしゃんとしやがれ」

この屋の主人の長七が、盆を抱えて階段から顔を出した。盆の上には、かけ蕎麦の丼が三つ。どうやら午《ひる》になったようで、居候とふたりの客に気前よくふるまう。

湯気のたつ丼は、いかにも美味しそうだが、食欲がわかないのは近次だけではない。

「いわば祭りと笛が、おふたりを結びつけたってのに、肝心の親父さんが、祭り嫌いの笛嫌いとはなあ……」

不甲斐ない自分を吐き出すように、椋郎が大きなため息をつく。

「何か、理由《わけ》があるのでは？　好きに理屈はなくとも、嫌いには理由があると言います し」

「あったとしても、ご当人が覚えているかどうか。現におれは、物心ついた頃からごまめが苦手だが、理由なぞ覚えちゃいねえしな」

「でも祭りは、大方の者にとっては楽しみでしょ？　わざわざ嫌うのは、何か謂《いわ》れがありそうに思えます」

謂れねえ、と呟いて、椋郎は蕎麦をたぐる。絵乃も箸を手にとったが、ふたりのやりとりを、長七が耳にとめる。

「祭り嫌いってのは、相模弥兵衛のことかい？」

「はい……ご主人は祭りも、それに囃子の笛も、快くは思っていないと伺いました」

絵乃がこたえると、近次は丼に手もかけず悲しげな顔をする。

「とすると、あの噂は、本当だったのかもしれねえな」

「噂……？　噂ってどんな？　後生ですからきかせてくだせえ！」

口の中の蕎麦を喉の奥に押し込めて、椋郎が身を乗り出す。

「いや、もう何十年も前の話だし、真実《まこと》かどうかも定かじゃねえんだが……弥兵衛の母親の噂だ」

長七は弥兵衛と同じくらいの年嵩で、子供の頃、大人たちが囁いていた噂を耳にしただけだと断りを入れた。構わないと椋郎がねばり、絵乃もお願いしますと話を乞うた。

「弥兵衛のおっかさんは、三社祭の日にいなくなってな。亭主が気難しくていつも不機嫌で、それに嫌気がさして出ていったとも言われちゃいるがね。そういや弥兵衛は、親父さんによく似ているよ」

「いなくなったってのは、ふいにですかい？」

たずねたのは、近次だった。ああ、と長七が、気の毒そうに眉をひそめる。

「不心得があったから離縁したと、親父さんは後付けで言い訳したそうだが、別の噂の方が町内には広まってな」

「別の噂というと？」と、絵乃が促す。

「男と逃げたって噂だ。相手の男というのが、篠笛を注文した笛の玄人でな」

当時、芸人や浄瑠璃語りとともに、付祭のために聖天町が招いた笛奏者で、祭りのための篠笛を相模の先代に依頼した。玄人だけに注文がやかましく、何度も相模に足を運び、内儀であった弥兵衛の母親と昵懇《じっこん》の間柄になった――。その笛奏者と駆落ちしたのではないかと、祭りの後、その噂が聖天町に広まった。

「いまとなっちゃ確かめようもねえが、嘘でも真実でも、弥兵衛の耳にも入ったろうな。あいつが六つか七つの頃で、ものの分かる歳だしな。さぞかし傷ついたに違いねえ。いま思うと、哀れな話だ」

父親は後添いを迎え、それを機に噂は潮が引くように徐々に途絶えたが、幼いときに穿《うが》たれた傷は、弥兵衛の胸に残っている。三社祭が近づくたびに、近次の笛をきくたびに、塞いだはずの傷から血が流れだす──そんな思いをしているのだろうか。

「そいつは、あんまりだ……。親父さまが可哀相だ……」

我が事のように、近次は涙をこぼす。絵乃と椋郎も、何も言えなかった。

「でも、これで踏ん切りがつきやした。あっしはお宗を諦めて、下谷に帰りやす」

「おいおい、早まらねえでくれよ。おめえは大事な囃子方なんだぜ。みすみす出戻りさせたとあっちゃ、町内の皆がどれほどがっかりするか」

祭りの顔役を務める長七が、おろおろする。

「だったらせめて、下谷に行った後も三社祭に出てくれよ」

下谷稲荷祭礼は三月十一日から始まり、三社祭は三月十七、十八日と、時期がごく近い。ただ、下谷稲荷祭は本祭と陰祭りが毎年交互に行われ、隔年に開かれる三社祭は、陰祭りの年に重なる。決して無理な申し出ではないのだが、近次は首を横にふった。

「いえ、三社祭は、今年で最後とさせてくだせえ。おれの笛の音が、親父さまを傷つけたとしたら、詫びのしようもありやせん。浅草とすっぱり縁を断つのが、せめてもの償いでさ」

弥兵衛と、そして町内への双方の義理を立てて、心を決めたようだ。何卒ご容赦をと、近次が深々と頭を下げる。

「おめえの心意気は買うが……寂しくなるなあ」

心の底から惜しむように、長七が目に涙をにじませる。聖天町の者たちが、どれほど近次の笛を愛していたか、公事宿のふたりにも身にしみてわかる。

「そのぶん今年の囃子は、最後のご奉公と思って、きっちり務めやす」

近次はそう告げて、稽古のために出掛けていった。大きな背中を見送って、椋郎がため息とともに絞り出した。

「結局、何もできず仕舞いかよ……悔しいなあ」

「あたしは、嫌です。諦めたく、ありません」

膝上で両手を握りしめ、駄々をこねるように絵乃は言った。

「このまま離縁したらきっと、娘が親を怨み続けることになる……以前のあたしのように」

狸穴屋の者たちは、一部始終を知っている。椋郎がはっとして、絵乃を見詰めた。

「親である、ご主人の気持ちもわかります。噂が本当なら、祭りも笛も、この世から消し去ってしまいたいほどに疎ましいはず」

浮かんだのは、絵乃の夫であった男の姿だ。ひとりでは逃げきれず、かえって周囲を巻き込んでしまった。いまの弥兵衛も、まったく同じだ。過去の古傷に囚われて、娘夫婦の幸せを壊せば、誰よりも後悔するのは弥兵衛自身だ。

「どのみちこれ以上、悪い始末には転がりようがない。だったらいっそ、賭けに出てみませんか？　大嫌いな祭りに、ご主人を無理やり引っ張り込む——いわば荒療治です」

「引っ張り込むって、どうやって？」

「それは……これから考えます」

「おいおい、段取りは二の次かよ」

ぼやきながらも、椋郎もにわかにやる気になったようだ。

「まずはご主人を、どうにかして祭りの場に連れてきて、できれば間近で近次さんの笛をきかせたい。そのためには……」

「だったらいっそ、こんな手はどうだい？」

傍らから言い出したのは、長七だった。話の先行きが気になったのか、丼を片付けていた手がいつのまにか止まっている。披露された案に、椋郎はたちまち食いついた。

「いいですね！　そいつで行きましょう。向こうは相当にごねるでしょうが」

「なに、ごねようと暴れようと、町内《うち》の若いもんが力ずくでどうにかするさ」

「初手から力ずくは通りませんから、ここは娘さんに、お力添えを頼んでは？」

三人であれこれと相談を重ね、およそ四半時で話は決まった。

「よし、こうしちゃいられねえ。さっそく町内のもんに話を通すよ」

長七は張り切って、軽快に階段を下りていく。

「娘さんへの文は、頼めるかい？　さっきのお女中に、繋ぎをとってもらおう」

はい、と絵乃はうなずいて、懐から矢立をとり出した。


三月十七日、浅草三社権現祭礼が始まり、神輿三基を浅草寺本堂前に遷座させ、田楽や獅子舞が奉納された。この日は前祝いにあたり、祭りの本番は翌十八日である。三基の神輿には、三柱の神が宿る。三社権現から担ぎ出された神輿は、浅草大通りを抜けて浅草御門に達し、そこから船に移される。神田川から大川に漕ぎ出し、神輿を乗せた船が、川を遡るさまは壮観である。流れに逆らう形で、大川の岸に沿って進み、三社権現の東の岸からふたたび陸に上がる。

そして氏子の町々からは、山車や付祭が華々しく繰り出される。

氏子町は二十に分けられて、一番から二十番まで出し物が続く。聖天町は十六番で、今年の山車は、鳳凰と坂上田村麻呂。付祭は、牛が引く踊屋台と、その後に地走踊《じばしり》が続く。

付祭は土地や時代によって変わり、担ぎ行灯《あんどん》や造物《つくりもの》、底抜屋台などさまざまある。流《は》行《や》り廃《すた》りもあろうが、何よりの因は、寛政以降、ご改革の矢面《やおもて》に立たされて、たびたび禁令の憂き目にあったからだ。そのたびに手をかえ品をかえ、しぶとく生き残ってきた。

「それにしても、すごい人出だな。お絵乃さん、大丈夫か？　潰されてはいねえかい？」

「はい、どうにか。でも、この人垣では、目の前を聖天町の出し物が通っても、見えそうにありませんね」

「いま、十三番だから、あと三つだ。必ず連れ出すと、娘さんは請け合ってくれたが、うまくいったかどうか……」

泳ぐように人混みをかき分けて、どうにか蕎麦屋の前まで辿り着く。右も左もわからないほど人が立て込んでいるが、ほどなく椋郎の肩に手がかかった。

「遅かったな、来るのに難儀したか？　こっちへ来な、上席をとってある」

蕎麦屋の主《あるじ》が、にかりと笑う。大海で舟を見つけた心地がした。

「ありがとう存じます、長七さん。それで、相模のご主人と娘さんは？」

「そっちも心配ねえ。娘がちゃあんと引っ張り出したよ」

長七が声を張ると、五列ほど重なっていた人垣が、手妻のように割れて道ができる。前から二列目まで押し出され、長七が顎で前を示す。すぐ目の前に、相模弥兵衛と娘が立っていた。後ろにいるふたりに、気づいたようすはない。顔は見えないが、絵乃の前に立つ娘は、父親に似て細身で、さらに小柄だった。

「おとっつぁん、連れてきてくれてありがとう。どうしても最後に、近さんを間近で見て、笛の音をききたかった」

体調が回復していないのか、声が弱々しい。こんな人混みに出すのは、早過ぎたのかもしれない。絵乃の胸に、すまなさがわいた。

「まだ本調子ではないのだから、聖天町の出し物を見終えたら、すぐに帰るぞ」

ややぶっきらぼうながら、娘を案じる気持ちは伝わってくる。

「おとっつぁん、あたしね、小さい頃から祭りが大好きだった。楽しくて賑やかで、誰もが皆笑っていて。何よりも、祭りの笛に心が躍った。おとっつぁんの作る篠笛が、どこよりも華やかに鳴り響くのは、お祭りだもの」

周囲の喧騒で、ところどころはかき消されてしまったが、絵乃は懸命に、娘の語りに耳を傾けた。

「だからおとっつぁんが、どうしてお祭りが嫌いなのか、不思議でならなかった。近さんの笛の何が気にいらないのか、長いことわからなかった」

娘の顔が、となりに立つ父に向けられた。横顔は少し青白かったが、唇の紅は鮮やかで、父を見詰める瞳は優しかった。

「ごめんね、おとっつぁん……あたしの我儘が、おとっつぁんを苦しめていたなんて知らなかったの」

「お宗……」

弥兵衛が眉間を、苦しげにしかめた。痛みと後悔、意固地と気後れが絡み合い、ひどく複雑な影を落とす。娘は慰めるように微笑して、また、顔を前に向けた。

「近さんの笛を初めてきいたとき、まるで音に引きずり込まれるようだった。音に夢中になって、声をかけずにはおれなかった。近さんが笛師だと知って、この人と一緒になるんだって、運命《さだめ》のように思えたの」

奇しくもお宗は、近次と同じ台詞を告げた。思い合うふたりの気持ちが重なるようで、絵乃の胸に切なさがわく。

と、怒濤のように、大きな歓声がわいた。山車の仕立ては、鳳凰と坂上田村麻呂。十六番、聖天町の出し物だった。大歓声がとびかう中、ゆっくりと過ぎていき、山車を追うように、ひときわ華やかな笛の音が響く。

「近さん……近さんの笛だ！」

娘が胸の前で、両手を握りしめる。山車の後ろから、踊屋台が現れた。花笠を被り、そろいの浴衣をまとった若い娘や子供が踊り、屋台の両脇を、三味線や太鼓、小鼓を鳴らす楽師たちが従う。そして先頭に立つのは、屋台を引く牛の鼻先で笛を吹き鳴らす近次だった。

すぐにでも夫の前に駆け出していきたいだろうに、宗はまるで祈るように手を合わせて、夫の晴れ姿を見詰める。

逆に父親は、なおも我を通すように、笛の奏者から目を逸らせる。

その肩に背後から腕をまわし、有無を言わせず捕まえたのは長七だった。

「弥兵衛よお、おまえさんもとことん意固地な男だな。いい加減、近次と娘を認めてやんな。この祭りに免じてよ」

「赤の他人に、口を挟まれる謂れはない。そもそもおれは、祭りが苦手で……」

「おれたちはもう、べそをかいてた子供じゃねえんだ。すでに親になったんだぜ」

長七の言葉は、思いがけず深く刺さったのか、弥兵衛の表情が大きく歪む。

「ま、とことん意固地な野郎には、とことんつき合ってもらうしかねえ。皆の衆、やってくれ！」

「え？　おい、何を……！」

長七の一声で、周囲にいた若い者たちが、四人がかりで弥兵衛を担ぎ上げ、踊屋台に乗せた。長七とその息子も屋台によじ上り、すかさず弥兵衛の頭に花笠を載せ、浴衣を羽織らせる。

「やめろ！　いったい何の真似だ！」

「言ったろ、とことんつき合ってもらうって。近次を苛《いじ》めた罰だ、覚悟しな」

屋台の上でじたばたするが、長七親子に両の腕をがっちりととられて身動きできない。

「桟敷なみの上席じゃねえか。あそこからながめる祭りは、さぞかし華やかだろうな」

長七親子に挟まれた弥兵衛を、椋郎がうらやましそうに仰ぐ。

絵乃はそっと、宗の背中に手を当てた。涙に濡れた顔が、絵乃をふり向く。

「ご亭主のもとに、行ってください。もう、我慢することはないんです」

「あなたは、もしや……」

「私どもは、黒子に過ぎません。夫婦の縁を繋ぐのは、ご当人さまですから」

もう一度、背中を押すと、よろめくように往来に出る。最初はゆっくりと、それから駆け出して、まっすぐに夫のもとに向かう。

「おまえさん！　おまえさん！」

「お宗！　お宗か！　会いたかった、ずっと会いたかった！」

ほんの数日なのに、まるで長の別れの果てに再会したかのようだ。太い両腕に、小柄なからだがすっぽりと収まり、夫婦がひしと抱き合う。

娘夫婦のさまを、弥兵衛がじっと見詰める。その顔が、うっすらと笑った。

「こら、近次、止めるんじゃねえ！　てめえの笛は、祭りの華だと言ったろうが！」

長七にどやされて、近次がふたたび笛を構えた。

伸びやかな音は、これまで以上に楽しげに、空に吸い込まれていった。

天下祭

諸田玲子

諸田玲子（もろた・れいこ）
静岡県生まれ。外資系企業勤務を経て、一九九六年『眩惑《げんわく》』でデビュー。二〇〇三年『其の一日』で吉川英治文学新人賞を、二〇〇七年『奸婦《かんぷ》にあらず』で新田次郎文学賞を受賞。

一

孫子《そんし》兵法《へいほう》書の上を尺取虫《しやくとりむし》が這っている。

なにが祭りだ、べらぼうめ。

小柄な老人のものとはおもえぬ武骨な拳が虫を叩きつぶした。残骸の黒いしみなどおかまいなく、行蔵《こうぞう》は書物を読みふける。

三畳の板の間には、足の踏み場もないほど書物が乱雑に積み上げられていた。その隙間にかろうじて置かれた文机《ふづくえ》と、ぴんと背筋を伸ばして座る行蔵のまわりの床だけは、床板の上に分厚い欅《けやき》の板が敷かれている。

行蔵は、書物を読みながら、両の拳で板を交互にエイッとばかり撃ちつけていた。これは拳固の鍛錬で、怒りのあらわれではない。

とはいえ、そもそも機嫌のよい日などめったになかった。しかも毎年この時季になると行蔵の不機嫌には拍車がかかる。蒸し暑い上にじとじと雨がつづいてうっとうしく、どこもかしこも黴臭《かびくさ》い。それはまだしも忌々《いまいま》しいのは天下祭で、半月も先だというのにだれもがそわそわと浮かれてなにをするにも上の空、よるとさわると祭りの話ばかりだ。

「鍛冶《かじ》町は牡丹《ぼたん》を新造するそうだぞ」

「一昨年は須田《すだ》町の牡丹に話題をさらわれて地団太ふんでたからなあ」

牡丹は山車《だし》を飾る張りぼてである。

門人どものそんな会話が耳に入ろうものなら、行蔵は即座に怒声をあびせた。

「べらぼうめッ。出て行けーッ」

もっとも相手もさる者で、先生のべらぼうには慣れっこになっているから、すごすごと出て行くふりをするだけで、行蔵が背中をむけたとたんにもどってきて稽古に励む。

生まれてこのかた笑顔とは無縁、古武士の権化のような平山《ひらやま》行蔵が自宅で開いている〈兵聖閣《へいせいかく》武道塾〉は、裏路地の長屋に手を加えた薄暗くてこぎたない道場だ。それなのに門人は、増えることはあっても減ることはなかった。辞める——大半は破門される——者はひっきりなしでも、四天王と称される武芸者をはじめ多数の手練《てだ》れを抱える行蔵の塾には、それを超える入門希望者が列をなしている。

近隣では〈伊賀《いが》町の先生〉でとおっていた。剣術はもとより槍術、柔術、居合術、棒術、弓術……など武芸十八般の免許皆伝、兵法家としてもならす行蔵は、その奇矯ともいえる極端な粗衣粗食の暮らしぶりでも注目を集めている。

ただし、行蔵が天下祭を目の敵《かたき》にしていることまでは、さほど知られていない。

「先生。玄関に客人が……なんでも付祭《つけまつり》の踊り屋台のことで、こちらでもお力を貸してくださると聞いたそうで……」

いましがたも門人の一人、大黒平太《おおぐろへいた》が呼びにきて大目玉をくらったばかりだ。平太は古株の門人ながらいっこうに腕が上がらず、とはいえ無類のお人よしが買われていつのまにか雑用係の役目を担わされている。

「先生は祭りがお嫌いだと申したのですが、そんなはずはない、名主《なぬし》によれば……」

「うるさいッ。追い返せッ。祭りごときに出す銭などないッ」

「はあ。あ、あのう、先生、この大根はどちらへ……」

「持って帰れとなぜいわぬ。べらぼうめ」

「いえ、これは新たな門人が束脩《そくしゅう》の代わりにと……」

「いらん」

「そうおっしゃらず、たまにはふろふき大根でも……そうだ、漬物にする手も……」

「食わんといったら食わんぞ」

「なんなら手前が作り置きをいたしましょうか」

「べらぼうめ。とっとと失せろッ」

そんなやりとりがあったものの、夕暮れ刻になって門人たちは次々に帰っていった。雨はとうに止んでいる。雨音はもとより、竹刀を撃ち合う音、エイ、ヤァ、トゥと勇ましい掛け声も消えて、いまは家中が森閑《しんかん》としていた。聞こえてくるのはせいぜい野良猫の鳴き声くらいだ。

腹がなった。

行蔵は顔をしかめた。今朝は面倒で米を炊かなかった。酒で空腹をごまかすかと腰を上げたところで、そういえば昨日炊いたやつがまだ残っていたのをおもいだした。奥の台所へ行って竈《かまど》の上に置きっぱなしになっていた釜のふたを開け、しゃがんだまま、しゃもじですくってもしゃもしゃと飯を食う。行蔵の飯は玄米を炊いたものだから、よく嚙まないと腹をこわす。が、おかげで高齢になっても歯は丈夫だ。

空腹がおさまったところで居間――こちらは各種の刀剣や槍、鉄砲、長刀、鉄棒、さらに具足櫃《ぐそくびつ》などに占領されて座る隙間とてない――へ這い入り、武具や馬具をかき分け押し入れの戸を開けて、中にでんと据えた四斗樽の酒を柄杓でがぶ飲みした。

安酒ながらも玄米五分の腹にはびんびんしみる。この感覚がたまらない。一日のうちで、行蔵が唯一生きている実感を得られる瞬間だった。

ふん、なにが天下祭だ。

腹が燃えて全身が熱くなるとふたたび武具馬具をかき分け、太刀と鉄棒を両手ににぎりしめて隣室――道場にしているだだっ広い板間――へ行き、大の字にひっくりかえった。両脇に太刀と鉄棒を置いているのは敵軍への備えだが、関ヶ原戦から早二百十六年、幕府膝下の江戸で戦があるとはおもえない。が、老武士は常日頃から臨戦態勢で備えているのだ。もっとも、口を開けばご政道の批判も辞さない硬骨漢だから、いつだれに襲われぬともかぎらない。

行蔵はそれとても怖れてはいなかった。

来るなら来い。望むところだ。万にひとつ後れをとってずたずたにされようとも、この老体、惜しむにあらず。

目を閉じるや睡魔に襲われた。夜具なし、寝衣なし。長年の習慣だから、身動きをするたびに瘦せて骨ばった体が板床に当たる痛みにもとうになじんでいる。

早寝早起きは行蔵の鉄則、朝は暗いうちから鍛錬に励むことにしているので、日が暮れれば眠り、即熟睡、夜中に目を覚ますことはめったにない。

ところがこの夜、行蔵は眠りを妨げられた。

台所で物音がしている。

はじめは野良猫が入り込んだかとおもった。が、かたかたいう音は猫のものとはおもえない。書物や武具の中には値の張るものもあるから賊が入ってもふしぎはなかったが、行蔵の家と知って入るのはよほどの命知らずか頭のねじがはずれた輩《やから》だろう。いずれにしても、賊が台所でぐずぐずしているのは妙である。

行蔵は太刀をつかみ、台所を覗いた。

竈の前に人がいた。それも女だ。驚きのあまり声を失っていると、女がふりむいた。

「ありゃいいとこへ来た。ねえおい、こんなもんしかないのかい」

かすかに鼻にかかったような掠《かす》れ気味の声。華奢《きやしや》だが小柄というほどではない。板格子の窓からもれる星明かりのみの薄闇で、切れ長の双眸《そうぼう》が猫の眼のように光っている。島田髷《しまだまげ》に色褪せた小袖はこのあたりでも見慣れた格好だが、女に見覚えはなかった。もっとも行蔵は隣家の娘の顔も覚えられないくらいだから、会ったことがないとはいいきれない。同様に、女の年齢を当てるのも最も苦手とするところで、少なくとも年増ではなし、小娘でもないようで……。

予想外の応答に行蔵が声をつまらせていると、女はつかんでいたしゃもじで釜の縁をぴたぴたと叩いた。釜についた飯をこそげていたところらしい。

「これじゃ猫だって腹下ししちまうよ」

「お、おぬしは何者だ？　ここでなにをしておる？」

「なにって……見りゃわかるだろ。食い物を探してるのサ」

「こ、ここは、わしの家だ」

「そうだよ。だから来たんだ」

行蔵は困惑して、なにがなにやらわからない。

「家を、まちがえたようだの。ここは……」

「ヒラヤマコウゾウの家だろ。あんたがコウゾウかい。アハハ、訊くまでもないやね。他にだれもいないんだから」

アハハと笑われて、行蔵はカッとなった。どこの馬の骨ともわからぬ女が勝手に他人の家へ入り込んで飯を漁り、あろうことか、自分の名を呼びつけにするとは言語道断。

「べらぼうめッ。おまえなんぞ知らん。出て行けッ」

怒鳴られても女は平然としている。

「そっちは知らなくたってこっちは知ってる。だからはるばる来たのサ」

ねえ、それよか……と、女は釜に鼻を突っ込んだ。

「腹へこへこだよ。なんか、ないのかい」

「食いたきゃ余所へ行け」

「あ、あれ、大根だッ。せめて茹でたいとこだけど、ま、面倒だし、齧《かじ》っちゃえ」

女は行蔵の足元に転がっていた大根へ這いより、片膝を立てたままさくさくと小気味のよい音をひびかせて齧りはじめた。食べながら上目づかいで老人を観察している。

「昔も大根、齧ったっけ。腹がへってるとなんでも美味いね」

たかが大根、飢えた女から取り上げるわけにもいかない。門人が置いていったもので、どうせ食わずに腐らせるだけだ。

「くれてやる。食ったら出て行け」

見ていてもしかたがない。きびすを返そうとすると、女が呼びとめた。

「出てくって、どこへ？」

「どこへ、だと？　知るか」

「ならここにいる」

「ここは、わしの、家だ」

「そうだろうとも。けど、ほら、部屋が余ってる」

「うるさい。余っていようがいまいが赤の他人を泊める場所はない」

「赤の他人じゃないよ」

「では、なんだ？」

「あんたの孫」

五十八年も生きてきて、行蔵はこのときほど──もしかしたら忘れているだけで二番目か三番目かもしれないが──驚いたことはなかった。

孫だと？　ありえん。あるはずがない。なぜなら行蔵の半生には悲しいかな、妻はもとより子を生す可能性が一寸たりともある女人が一人もいなかったからだ。

これは〈伊賀者〉という特異な生い立ちと関係している。端的にいえば、日々鍛錬に忙しく、女人と知り合う暇がなかったのだ。

驚きから覚めるや、ふつふつと怒りがわいてきた。女をにらみつける。

「どこで吹き込まれたか知らぬが、わしに子はない。ゆえに、孫もおらぬ」

「知らないだけサ。それとも忘れたふり、してるとか」

「べらぼうめッ。おらぬといったら、断じて、おらぬ」

「ま、いいや。そのうちおもいだすかも」

「そのうちだと？ 出てけといったはずだぞ」

女はもう行蔵を見なかった。齧りかけの大根を放り出すと、両手の甲で口をぬぐい、ふわわと大あくびをした。

「ねえ、夜着かなんかないのかい」

いいながら、もう肘枕で横になっている。

「そんなもん、あるか」

「なら今日のとこはがまんしてやるよ。おやすみ」

「ま、待て待て、そこで寝られても……」行蔵は舌打ちをした。「やむをえぬ、ひと眠りしたら出て行くのだぞ。朝までそこにおったらつまみ出すからな」

「おかまいなく」

「まったく、なんという女だ」

これほど礼儀知らずで厚かましい女は見たことがない。が、目を閉じているところは――色白細面の美人とはほど遠いものの――睫毛が長く鼻筋もとおっていて見苦しくはなかった。いや、見方によれば愛らしいともいえる。きゅっとひきしまった口元に大根の切れ端がくっついているのも愛嬌といえなくもない。

女は、まだ完全に眠ってはいなかった。行蔵の声が聞こえていたようだ。

「あのサ、なんという女じゃなくて、おさん。あたいの名は……」

「名など聞きとうもないわッ」

どうせ夜明け前には出て行くのだ。好きにしろ。

行蔵は鼻をならして台所をあとにした。寝ようとしてふとおもいたち、武具に埋もれた居間をごそごそ探しまわって極寒の冬のためにとだれかに進呈された……まま忘れていた綿入れを見つけ、もう一度台所にもどっておさんの体めがけて投げつけた。

梅雨寒《つゆざむ》である。風邪でもひいて寝込まれればますます厄介なことになる。

おさんは一瞬寝息を止めてくしゃみをしただけで目は覚まさず、季節はずれの綿入れを足で蹴飛ばして行蔵に背中をむけた。

二

行蔵は暁の七ツ刻（午前三時ころ）に起床して、真っ暗な中、褌一丁になり井戸端で水を浴びる。この荒行は真冬も欠かさない。

井戸端へ出るついでに台所を覗いてみると、おさんはまだ眠りこけていた。おもわず怒鳴りつけたくなったが、かろうじておもいとどまる。町木戸が閉じている時刻に追い出せばひと騒動になるかもしれない。未明に妙齢の女が家から出てきたとあっては〈伊賀町の先生〉の評判にも傷がつきかねなかった。見られたところで二人の仲を邪推する者は皆無だろうが、かの権現様は六十過ぎてお子を生したそうだから、千人に一人くらいはありえぬ痴話を捏造して見てきたようにいいふらす不埒者がいるかもしれない。

冷水を浴びたあとは顔を洗って口をすすぎ、水を飲んでから道場へもどった。

朝の鍛錬として、行蔵はまず七尺余りもある欅の棒を五百回、体が鈍っているように感じられるときは六百も七百も、気合と共にふり下ろすことにしている。エイッ、オウッ、トウッ……と、いつものように励んでいると、突然、金切り声に妨げられた。

「うるッさいねえ、目が覚めちまったじゃないか」

行蔵は棒を取り落としそうになった。

おさんは寝乱れた姿のまま敷居際で仁王立ちになって、行蔵をにらんでいる。

「夜も明けないうちから、いいかげんにしとくれよ」

「わしがなにをしようとおまえにとやこういわれる筋合いはないッ」

「真夜中に大声を出すのは近所迷惑ってもんだよ。ましてや家人がいるんだから」

寝ぼけ眼でいいながら、おさんはつづけざまに大あくびをした。

「家人？　家人だと？　そんなもんはおらんぞ。文句があるなら今すぐ出て行け」

行蔵は怒りにまかせて棒をふりかざした。

おさんは怖がるどころか忍び笑いをもらしている。

「赤鬼ってな形相だね。しゃあない。勘弁してやるから鍛錬でもなんでもするがいいサ。あたいはもういっぺん寝るとしよう」

行蔵が怒声を浴びせようとしたときは、もう姿がなかった。

腹立たしいやつめ、だれの家だとおもってやがる。

顔をしかめたものの、相手にしている暇はない。棒振りの鍛錬にもどる。が、気合の声は心なしか小さくなっていた。

この朝は五百で止めた。やる気が失せたのは中断させられたせいか腹を立てたせいか。汗をぬぐい、乱れた呼吸をととのえて次なる課題に挑む。こちらは四尺もある刀を目にもとまらぬ速さで抜く——つまり居合抜きの稽古で、通常は三百回。容易に見えてこれほど難儀な技はない。ただ腕を動かすだけではないのだ。土踏まずと丹田《たんでん》に重心を置いて頭のてっぺんから爪先まで弓弦のごとくぴんと張りつめ、それでいて邪心を払って無の境地でのぞまなければ、自身の背丈と比べても肩近くまである長刀を閃光のごとき素早さで抜くことはできない。

毎朝のことだがひたすら同じ動作をくりかえしていると、魂が体から離脱して頭の中が空っぽになってゆくような気がした。ようやく闖入者《ちんにゅうしゃ》の存在を忘れて無の境地に近づいたようだ。鍛錬を終えて肩で荒い息をつき、まだ虚と現《うつつ》が相半ばする半眼で背後を見ると、おさんが片膝立ちの格好で膝に両肘をのせ、手のひらに顎を置いて、興味津々といったまなざしで行蔵を見つめていた。

すでに夜は白々と明けかけている。

「なにを見ておる?」

「それって、居合抜きってやつだろ。すげえな」

武芸に関していえばこれまで何百回も賞賛のことばをかけられてきた行蔵だが、赤の他人の——行蔵は断固そう信じている——厚かましい押しかけ女から〈すげえな〉と不作法なひとことをかけられただけで相好をくずしそうになったのは、我ながらふしぎだった。むろん、おさんにむけたのは相好をくずした顔ではなく、いちだんと不機嫌な顔だ。

「だれが見てよいといった？」

「わるいとはいわれなかった」

「ああいえばこういう……鍛錬は、見世物ではないぞ」

「けど、存外、面白いねえ。爺なのにサ、まるでミヤモトムサシみたいだ」

行蔵は今度こそ相好をくずしかけてあわてて口をへの字に曲げる。

「爺は余分だ」

「あのサ。ムサシでもないのに、なんでこんなこと、するのサ」

「なんで？　己がやると決めたからだ」

「だけど、棒や刀、ふりまわしたって一銭にもならないだろ」

「銭だと？　べらぼうめ。そんなことのためにやるわけではない。男子たるもの、いつ戦があっても戦えるよう、常日頃から体を鍛えておかねばならぬ」

「ふうん。戦ねえ……で、だれとだれが戦をするのサ」

「べらぼうめ。治にいて乱を忘れず。万が一のために備えておるのだ」

「ありゃま、ご苦労なこった。戦が起こらなかったら無駄骨だね」

「いや、一生に一度でも世に役立つなら本望。たとえ戦が起こらずとも、備えることに意義がある。おまえにはわからんだろうが……」

「わかるもんか、一銭にもならないことに汗水流すなんて、馬鹿馬鹿しいったら。けど、ま、いいや、目をつぶってやるよ。そのうちにゃこっちも慣れるだろうし」

「待て待て。朝になったら出て行く約束だぞ」

「約束なんか、した覚えはないね。勝手に決められちゃ迷惑至極」

こいつはなにをいっているのか。またもや怒りがわいてきた。

「これ以上、わしを怒らせるな。さあ、とっとと出て行け」

「やだね」

「いうことを聞かぬなら放りだすぞ」

「そんなことしたって無駄だってば」

「おのれッ。無駄かどうか見ておれ」

女相手に自分でもいささか大人げないとはおもったが、このまま好き勝手にさせておくわけにはいかない。行蔵はつかつかとおさんに歩みより、腕をつかんでひきずり上げ、玄関から外へ放り出した。おさんは抵抗もせず、されるがままになっている。

幸い人影がなかったので安堵して家内へもどり、書斎へ入って欅の板の上に座った。いつもなら兵学書などを読むのだが、おさんのせいで余計な時間をつかってしまった。そうだ、今朝は飯を炊かなければとおもいだして裏の勝手口へ行く。玄米の俵のかたわらに置いていたはずの手桶を探したが見当たらない。もしやとおもい、裏庭へ出て井戸端に目をやると案の定——。

おさんが背中をむけて、井戸端にしゃがんでいた。

「おいッ。なにをしておる？　たった今、追い出した……」

「それよか、ねえ、なんで玄米なのサ。今度から白米にしとくれよ」

文句をいいながらも、おさんは乱暴なことばづかいとは相いれない華奢な指を水にくぐらせて、慣れた手つきで手桶の中の玄米を洗っていた。

「ううぬ。許せぬ」

行蔵は怒りにまかせて女の背中を蹴飛ばそうとした。が、おさんが人懐こい笑顔でふりむいたため、さすがに蹴飛ばすのはあきらめ、かわりにぐいと肩をつかんだ。

「もういっぺん叩き出されたいか」

おさんは憐れみ半分おかしさ半分といった目をむけてくる。

「だからね、へいちゃらだっていってるだろ」

「何度でも追い払うぞ」

「何度でも入ってやる」

「門前払いを食わせる」

「なら塀をよじのぼる。あたいは身が軽いからね」

「だったら心張棒《しんばりぼう》をかう」

「門人がぞろぞろ来るんだ、入り口で女が泣いてたらどうおもうかねえ」

行蔵はぎょっとした。泣かれ、わめかれて、あることないこといいふらされてはかなわない。

「表の看板を見なんだか。ここは武道塾だ。女子の来るところではない」

「弟子になるわけじゃないよ」

「手は足りている。ここにおってもおまえのすることはない」

「大きなお世話」

おさんはちょろりと舌を出した。なにからなにまで忌々しい女である。

「いったい、なにが望みだ？」

「なんべんいわせるのサ」

「よし、わかった。おまえの話を聞いてやろう」

こうしていてもはじまらない。なぜ〈孫〉などという誤解が生じたのか。どこのだれが突拍子もない法螺《ほら》話を女に信じ込ませたのか。まずはそれを質すのが先だろう。

「道場へ来い」

「飯を炊いたらね。あ、祖父《じい》ちゃんは火を熾《おこ》しとくれ」

顎でつかわれてムカッとしたものの、ここで喧嘩をはじめればまた堂々めぐりをするだけだ。行蔵は苛立つ胸をぐっと鎮めた。

竈に火を熾して飯釜をかけた上で、二人は道場へおもむく。行蔵がどかりと胡坐《あぐら》をかいたので、おさんも挑むように片膝立ちで対座した。

「なんだ、その桶は？」

「雑巾がけくらいしてやろうかと。これから食わせてもらうんだし」

「べらぼ……う、飯は、一度きり、食わせてやる。そのあとで出て行ってもらう」

「いやだといったら？」

行蔵はもうとりあわなかった。

「で、わしが祖父だとだれがいった？」

「おっ母さん。正確にいえば、祖父といったわけじゃない」

「それみろ、べらぼうめ」

「けど、まちがいないよ。あんたの名を教えて死んだんだから」

「わしの名を？　おまえの母親が？」

「江戸の伊賀町のヒラヤマコウゾウっていったんだ、死ぬ間際に」

行蔵は首をひねった。もちろん江戸伊賀町に平山行蔵は自分しかいない。

「おまえの母親は、いつ、どこで、なぜ死んだのだ？」

「死んだのはひと月ほど前だけど、この何年か体の具合があんまりよくなくて、みるみる衰弱して……で、保土ヶ谷へ帰って看病してたんだ」

「おまえは保土ヶ谷から来たのか」

「ああ。他に身内はいないし、おっ母さんが教えてくれたのはあんたの名前だけだったし、となりゃ、ここへ来るしかないだろ」

おさんの母親は娘に出自を明かさなかった。おさんが物心ついたとき父親はおらず、母娘は二人で村々を転々として暮らしていたそうだ。しかも母親は引っ越すたびに名を変えていたという。となればなおのこと、おさんの母親が自分とどういうかかわりがあったのか、行蔵には知りようがない。

「保土ヶ谷に知り合いはおらぬ。とうの昔に死んだおふくろと当時いた賄《まかな》いの婆さん以外に親しい女人もおらぬ。おまえの母親は、だれぞからわしの噂を聞いたのだろう」

門人なら江戸近郊にもいる。門人から聞いた話が耳に残っていて、重篤の母親は脈絡もないままにふっと口に出してしまったのではないか。

おさんは不服そうだった。

「遺言だよ。知りもしない人の名なんかいうもんか」

「わからんぞ。わしの名は世に聞こえておる」

「アハハ。ヒラヤマコウゾウなんてだあれも知らなかったよ。伊賀町まで来て、名主に訊いて、ようやくここがわかったんだから」

「名主に、しゃべったのか」

行蔵はまたもや目をむいた。

おさんはけろりとした顔でうなずく。

「そしたらね、どうだい、付祭に出たいなら頼んでやってもいいって」

「付祭……」

「あたいは踊りが大好きなのサ。ぜひ出してくれって頼んじゃった」

「ま、待て。もしや、天下祭の……」

「付祭ったら天下祭だろ。おっ母さんがね、いつも話してた。死ぬまでにもういっぺん踊りたかったって……何度も何度も……。だからあたい、踊り屋台で踊ってやるんだ。扇や笠は余分があるみたいだから祖父ちゃんには衣装を……」

「べ、べ、べーらぼうめッ」

行蔵は家が吹き飛びそうなほどの大声で叫んだ。天下祭と聞いたとたんに頭に血が昇って、どうにも抑えがきかなくなっている。

「出て行けッ。失せろッ。おまえの顔なんぞ見たくもない」

「ちょっと、祖父ちゃん……」

「祖父ちゃんではないといったろうが。なんべんいったらわかるんだ。この大嘘つきの売女《ばいた》めがッ」

いったとたん桶が飛んできた。かろうじて避けはしたものの、水が飛び散って、行蔵の顔に濡れ雑巾がびしゃりと貼りついた。

怒りにまなじりをつりあげていたおさんは、行蔵の情けない姿を見てこらえきれずに噴き出した。

「なにを笑うか……べらぼうめ」

「ふん。イイ歳して、いっていいことわるいことがあることくらい、わからないのかい。あたいは売女じゃない。銭をもらったりはしない。そりゃ勝手にくれるんなら別だけど……」

行蔵は、このときほど、目の前の女に憎悪を覚えたことはなかった。が、なにをいおうが口では勝てないこともすでに悟っている。居座られては面目丸つぶれだし、武道塾から付祭に女を出したとなったら、これまであれほど祭り嫌いをとおしてきたのに〈あの爺、色に惑わされたか〉などと笑い者になるのは必定だ。

では、どうすればよいのか。

こうなったら破れかぶれだ。

「手荒な真似はしとうなかったが、今となってはやむなし。おまえの不当な申し立て、身勝手なふるまい、一から十まで無礼きわまりなし。よって、覚悟せよ。二度とかような無体ができぬよう、成敗してくれる」

半分は脅しだった。痛い目にあわせれば、さすがのおさんも逃げ出すだろうと考えたのだ。相手が女だから刀や棒はつかわない。行蔵は柔術の免許皆伝でもあった。二、三度投げ飛ばせば音をあげるのではないか……。

おさんは驚きも怯えもしなかった。むしろ愉しそうですらある。

「いいとも。どこからでもかかっといで」

武芸十八般に長じた行蔵と、武芸の〈武〉の字すら知らなそうな女では、闘う前から勝敗は知れている。行蔵はおさんの腕をつかみ、その体を軽々と持ち上げた。まずは背負い投げをしてやるつもりだったのだが――。

ひょいと持ち上げられた女の体は、どこでどう体勢を転じたのか、宙でくるりと反転して、その両足が行蔵の背中を蹴り上げた。それも、か細い女が渾身の力をこめたからといってとても出せそうにない馬鹿力で……。奇想天外な逆襲に虚を突かれて、行蔵は前のめりに倒れ、無様に這いつくばってしまった。

今のは、いったい、なんだったのか。

茫然として顔を上げると、おさんが目の前にしゃがみこんでくすくす笑っていた。

「これじゃムサシもカタなしだね」

もうおしまいかい……たった一撃でへたばった武芸者を嘲笑うように、おさんは挑発してきた。本気になれば今度こそ打ちのめしてやれるのはわかっていたが、行蔵はおさんから目をそらし、その場に胡坐をかいてじっと虚空を見つめた。

たった今、気づいたことがある。

これとまったく同じ技を、行蔵は知っていた。

あのときも油断をしてしまった。軽々と投げ飛ばそうとしてあざやかに反撃された。

あれはそう、天下祭の最中だ。今から二十年前、目の前のおさんとさしてちがわぬ年恰好の女が自分の――この行蔵の背中を蹴り上げ、そして……。

「ねえ、ねえってば、なにぼんやりしてるのサ」

つづきをやるのかやらないのか、おさんはたずねている。

行蔵はにわかに戦意を喪失した。

二度三度と瞬きをするとおもむろに腰を上げ、先に立って道場をあとにする。

「飯が吹きこぼれるぞ」

三

山下御門のかたわらに立って、行蔵は次々に通過してゆく山車を眺めていた。

寛政《かんせい》八年六月十五日。

三十八歳の行蔵は、かつてのお役目のように群衆の中に怪しい輩が潜んでいないか目を配り、騒ぎを未然に防ぐためにこの場にいるわけではなかった。

その鋭い眼光には憂慮の色が見てとれる。

なにゆえこのおれが――。

行蔵が待っているのは六十近い山車を見送ったあとにつづく付祭の踊り屋台――端的にいえば踊り手の女――で、この気の重い役目をひきうけざるをえなかったのは、自分が女の顔を知っているごく少数の人間の一人だという、ただそれだけの理由だった。

最初の山車が内堀の橋を渡って行蔵の前をとおりすぎたのは未明で、太陽が頭上にぎらつく今も行列はつづいていた。静御前《しずかごぜん》や日本武尊《やまとたけるのみこと》、弁財天《べんざいてん》といった絢爛豪華な張りぼてをのせた人気の山車があらわれるたびに拍手喝采、やんやの歓声がまきおこる。

江戸っ子の祭り好きはつとに知られていた。とりわけ年に一度の天下祭は、数か月も前からどこそこの町は今年はどんな趣向らしいなどと憶測が飛び交い、祭りの日が近づくにつれて江戸市中のだれもがわくわくそわそわと落ち着きを失って、上も下も、老いも若きも、熱に浮かされたようになる。

天下祭とは将軍の上覧がある祭りのことで、このときばかりは神輿《みこし》や山車の行列も江戸城内へ入ることが許されていた。大がかりなだけあって費用も膨大、準備にも相応の日数がかかるため、神田明神《かんだみようじん》と日吉山王権現《ひよしさんのうごんげん》が隔年でとりおこなうことになっている。

この年は丙辰《ひのえたつ》なので日吉山王権現の祭礼、山王祭である。大榊《おおさかき》に三基の神輿の他、百六十余りの氏子町の趣向を凝らした山車とそれにつづく付祭の行列が、軒提灯や金屛風で飾り立てられて見物人が押し合いへし合いする中、祭り囃子《ばやし》や歓声につつまれながら権現社や江戸城へつづく定められた道程を賑々しく練り歩く。

行蔵が生まれ育った伊賀町は山王権現の氏子町ではなかったが、だからといって天下祭と無縁ではいられなかった。伊賀者である平山家にとって、天下祭での警備は息がぬけない、気の張るお役目のひとつだったからだ。雑踏には悪しき輩がまぎれ込みやすい。実際、将軍の暗殺を企てた忍びが捕らえられた例もあるくらいで、江戸城の中庭の監視が主たる役目である伊賀者も、この日は数多の幕臣ともども、ある者は城内や御門で、ある者は市中を巡邏して、異変に目を光らせる。

行蔵の父親はこの役目に辟易していた。

「やれやれ、蠅を払うさえ許されぬとは……」

炎天下、小侍の軽装で定位置についたまま身動きすら許されない。でなければ一瞬の休みもなく延々と行列のあとについて歩く。天下祭は父の最も苦手とする役目だった。決してなまくらな体ではなかったはずなのに、焼けつく陽射しと凄まじい熱気に疲労困憊するのが常で、ある夏、滂沱《ぼうだ》の汗を流して息も絶え絶えに帰宅するや倒れ込み、数日後に死んでしまった。行蔵がまだ幼いころのことである。

「お父上の轍《てつ》を踏んではなりませぬぞ。死に物狂いで体を鍛え、武術、軍学で名を成せば必ずや出世が叶いましょう。伊賀者と蔑まれるはもうたくさんじゃ」

泰平の世がつづいて、伊賀者といえども乱世のような頑強さには遠く及ばない。なればこそ、父の無念を糧として、女丈夫《じょじょうふ》で知られる母は息子を叱咤激励したのだろう。それも並みはずれた厳しさだったから、行蔵は母の期待に応えようと歯を食いしばってがんばった。行蔵の祭り嫌いは、両親の無念もさることながら、同じ子供でありながら祭りに浮かれる子らの声に耳をふさぎ鍛錬に励んだ日々の、悔しさ切なさ、そして僻《ひが》みが積もり積もったものでもあったかもしれない。

亡父の跡を継いだ行蔵も、むろん若き日は三十俵二人扶持という小禄を食む一介の伊賀者にすぎなかったので、江戸城の中庭の監視につとめた。武芸や兵学で名を高め、昌平黌《しょうへいこう》へ通って普請役見習にありつき、老中の松平定信に目をかけられるようになるのは後年のことである。

ともあれ、そんなふうに日々己を鍛えることで多忙を極めていたから、行蔵には心を開いて語り合える仲間がいなかった。が、ひょんなことから一人だけ、気の合う友ができた。

御庭番《おにわばん》の古坂参左衛門《こさかさんざえもん》である。

参左衛門は気のいいやつだった。優男《やさおとこ》に見えたが見かけによらず豪胆な男でもあった。いざ敵と対峙すれば、ためらうことなく相手の喉首を掻っ切る男だ。

「おれはおぬしとはちがう。励んで名をあげたところでなにも変わらぬ。いや、そもそも名をあげてはならぬのよ」

江戸開闢時から徳川の家臣だった伊賀者と異なり、御庭番は八代将軍に抜擢された吉宗が紀州《きしゅう》から江戸城へ入ったとき、隠密役として伴われた者たちである。この十七家は浜町に組屋敷を与えられていたものの、大半は江戸城の御門のかたわらに詰めていて、日ごろは吹上《ふきあげ》御庭の宿直や奥庭の警備につとめ、将軍から直々に命じられたときのみ本来の隠密の役目を遂行していた。伊賀者なればこそ行蔵はたまたま御庭番という役目があることを知っただけで、直参《じきさん》の武士でも多くはその存在すら知らなかった。

参左衛門が自嘲気味にいったことばには、日陰者として死んでゆく身の諦観がにじんでいた。とはいえ、それを嘆いていたわけではない。一方で参左衛門は、将軍の懐刀《ふところがたな》である己を誇りにしていた。紀州の山野を駆けまわっていた先祖をもつ男には、伊賀町のごみごみした稲荷横丁で生まれ育った行蔵にはない野太さがある。

参左衛門は掟に従って、御庭番の娘を妻に迎えた。御庭番は御庭番以外の者との婚姻を禁じられている。あるとき参左衛門が負傷したと聞いた行蔵は浜町の組屋敷へ見舞いに行き、幼い一人娘、いちと顔を合わせた。のちに参左衛門から頼まれ、十代になっていたいちに、短期間ながら剣術や兵学の指南をしたこともある。

母が望んだとおりの出世ではないにしろ行蔵が多少とも名を成し、一介の伊賀者でなくなってからは、参左衛門とは疎遠になった。参左衛門が伊賀町を訪ねてくることはなかったし、行蔵が浜町の組屋敷を訪ねることもなかったが、いつだったか、行蔵は城中の御庭で竹箒を手にしたいちを見かけ、それが参左衛門の娘だと気づいてはっとしたことがある。いちも行蔵とわかったようで、親しげな笑みを返してきた。

だから、参左衛門が片足をひきずりながら前触れもなく伊賀町へ訪ねてきたときは驚いた。十年近い年月を経て目にした友の顔には、過酷な隠密仕事のせいばかりとはおもえぬ深いしわが刻まれていた。不自由な足のせいもあったのだろうが、参左衛門は行蔵の二倍三倍の速さで歳をとったように見えた。顔立ちがととのっていたぶん、変貌がきわだってみえたのかもしれない。

「娘のことだ」

かってとは別人のように気難しげな顔で、参左衛門は切り出した。

いちはここしばらく市中に潜入、町娘になりすましてある男を見張っているという。天下祭で騒動を起こす懸念があるためで、十中八九ただの懸念ではあっても、これは御庭番の大事な役目のひとつだった。祭りが終われば、娘は同じ御庭番の許嫁《いいなずけ》と祝言を挙げることになっている。ところが——。

「娘の様子がおかしいと知らせてきた者がいる」

参左衛門は、なにかわからぬながらも、天下祭で事が起こるのではないかと案じていた。しかも阻止する役目を担っているいちが、その男の手助けをするのではないかと疑っていた。もちろん男にそうおもわせているだけかもしれないが、〈おかしい〉という知らせの中に参左衛門を不安にさせる気配があったらしい。父親の勘だけではなかった。いちがこれまで頑として婚姻を拒み、一日延ばしにしてきたことも不安を増大させていた。皆が天下祭に興じている最中なら、事を起こしやすいだけでなく出奔もしやすい。

「おぬしにしか頼めぬ」

「おれに、なにをせよ、と?」

「見張っていてくれ。おぬしを見れば、娘も神妙にするしかあるまい」

父の友、子供のころの師、武芸十八般でならす剛腕の行蔵に見られているとなれば、なにを企んでいたにせよ、いちは実行に移せまい。起こるかどうかもわからぬ上に、そもそも父が娘を探るという尋常ならざる話だから、たしかにだれにでも頼めることではなかった。

行蔵はしぶしぶながらもひきうけた。賢く勝気な娘への指南がおもいのほか愉しい思い出になっていたこともあったが、後年出会った際、美しく成長したいちが見せた笑顔にもひそかに胸を昂《たかぶ》らせた。堅物を絵に描いたような行蔵にとっては、ただそれだけの経験ですら画期的な出来事だったのだ。

「見張っておるだけでよいのだな」

「怪しい素振りがあれば遠慮はいらぬ、腕ずくで捕らえ、連れてきてくれ」

「従わなんだ場合は?」

「役目をまっとうする以外、われらに居場所はない」

「それでも逃げようとしたら？」

「かまわぬ。斬れ」

「べらぼうめ」

行蔵は手の甲で滴《したた》る汗をぬぐった。

山車についてゆく者、陣どったままで動かぬ者、新たに割り込んでくる者……あたりはいまだにごったがえしている。

霊岸島《れいがんじま》の氏子による猩々《しょうじょう》の山車を最後に、あとへつづく付祭の行列が橋を渡ろうとしていた。三味線や笛太鼓の音も賑々しく列をなして歩く囃子方の後ろから、花笠をかぶり扇を手に踊る女たちをのせた屋台が曳かれてくる。

参左衛門の娘はすぐにわかった。父親ゆずりの優しげな顔立ちながら、だれよりも踊りが上手で、しなやかな手首の動き、表情の豊かさがひときわ目をひく。

行蔵が一歩前へ足を踏み出すと、いちも行蔵に気づき、一瞬、身ぶりを止めた。が、すぐさま体勢をたてなおし、なにも見なかったように踊りをつづけた。

山下御門を通過した祭りの行列は内堀沿いの道を進み、桜田御門で左へ折れて山王権現社へむかう。行蔵も警備の一人をよそおってぴたりとつき従った。このあたりは武家屋敷が連なっているため、左右の道端には毛氈《もうせん》が敷かれ、屏風も置かれて、警備も物々しい。が、権現社の周囲は、このあと半蔵《はんぞう》御門から城内へ入ってしまう前に山車や屋台をひと目見ようという群衆でわきかえっていた。

境内で前の山車がとどこおっているのか、付祭の屋台はいったん権現社の門前で止められ、囃子方も踊り手もそこでひと息つく。と、そのとき、群衆の一角から怒声が聞こえた。祭りに喧嘩は付き物である。

行蔵は怒声があがった方角を見た。すぐさま屋台に目をもどしたが、いちの姿は消えていた。しまったと臍《ほぞ》を嚙んだものの、一方で安堵の息をつく。江戸城内で事を起こすような大それた企みはないとわかったからである。

では、なぜ姿を消したのか。

御庭番でいることに嫌気がさしたのだろう。御庭番と夫婦になるくらいなら出奔しようと決めたのだ。それなら天下祭の今しかない。独りか、男と手に手をとっての道行か、いずれにせよ、あらかじめ周到な計画を立てていたにちがいない。

行蔵は素早く思案した。群衆にまぎれたとしても、行列が城内へ入ってしまえば散ってゆく。将軍上覧の寸前、城外の警備が手薄になっているあいだに武家屋敷町を出て、いったん市中へ身を潜め、しかるべき場所へ逃亡するつもりではないか。となれば、まずは外堀に何か所か設けられた御門を出ることだ。山王権現社の裏手は広大な溜池だから、境内をぬけ、溜池の土手に沿って忍行すれば、人目につかずに赤坂御門へ出られる。

行蔵は赤坂御門で待ち伏せをすることにした。権現社の境内へは入らずに武家屋敷町を駆けぬけ、御門へ出た。祭りの行列の道程からははずれているので、物々しい警備はなく、祭り見物の人々が行きかっている。

溜池側に表御門のある武家屋敷もあったが、天下祭たけなわの今、人影はほとんどなかった。それでも御庭番の娘なら、通常の道を歩きはしないだろう。土手の下から這いのぼってくるにちがいない。行蔵は足場のわるい土手を下りて藪陰へ身を隠した。

おもったとおり、いちが近づいてきた。土手の側面に貼りつきながらも、忍び御用に熟達した者ならではの軽やかな身のこなしである。十分に近づくまで待って行く手に立ちふさがるや、いちは息を呑んだ。が、こんなこともあろうかと案じてはいたのだろう。一瞬にらみあったのち、いちはすいと目を伏せた。

「先生。見逃して」

「見逃せば終生、命を狙われるぞ。考えなおせ。今ならひきかえせる」

御庭番とはそういうものだと聞いている。いちは追手に怯えて逃げ惑い、最後には成敗されるだろう。逃れる道はないのだ。

あきらめるかと行蔵はおもった。あきらめてくれと願った。が、いちは身がまえた。

華奢な体つき、優しげな顔、か細い声……御庭番といえども若い女である。こちらは武芸の達人だ。行蔵は難なく捕らえられるとおもった。挑みかかってきたいちの腕をつかみ軽々と持ち上げる。背負い投げにするつもりだった。が、どうしたことか、背中に激痛が走った。行蔵の体は土手を転げ、溜池へ落ちる寸前でかろうじて静止した。

顔を上げると、いちが土手の上から見下ろしていた。目が合った瞬間、逡巡したようにも見えたが、いちは、駆け去った。

行蔵はあとを追わなかった。

いちがその後どうなったか、行蔵は知らない。

のちに参左衛門の死を知って組屋敷へ線香をあげに行ったとき、いちと共に出奔したとおもわれる男の他殺体が目黒川のほとりで見つかったと聞かされた。いちの消息はいまだに不明のままだとか。憔悴しきった参左衛門の妻女は、今や知る人ぞ知る行蔵の弔問に恐縮しきりで、卑屈に見えるほど何度も何度も頭を下げた。

四

大黒平太は、笑いを嚙み殺そうとした拍子に、盛大なくしゃみをした。

行蔵はぎろりとにらむ。

「よいな。いわれたとおりにせよ」

「しかし、いずれを……」

「べらぼうめ。勝手に決めろ」

「はあ……は、はい。しからばこの馬具などはいかがかと……どうせ馬もおらぬことゆえ鐙《あぶみ》は必要ないかと……」

「好きにせよというておる」

行蔵は顔をそむけた。日々の暮らしに不便はないものの、まとまった銭はない。となれば、なにかを売って銭をつくるしかないではないか。

「ええと、さればこちらを売り、その代金を名主方へおとどけして、天下祭のためにおさんどののお衣装を見つくろってやってほしいと……」

「待て。天下祭のためにあらず。仮にも我が武道塾とかかわる者が馬鹿にされるはこの行蔵の恥でもある。ゆえにやむなく……」

付祭の踊りの稽古をこっそり覗きにいった平太から、おさんが一人だけみすぼらしい格好をしていて皆から笑われ、悔し涙をこぼしていたと聞かされたばかりだ。あのおさんがそんなことくらいで泣くとはとうてい信じがたかったが――。

「まことに、見たのだな」

「は、はい。物陰でひそかに涙をぬぐっておりました」

となれば知らぬ顔もできない。小憎らしい居候などどうなろうが知ったことではなかったが――行蔵は断固、自らにそういいきかせていたが――放っておけば行蔵自身とこの武道塾の評判を落としかねない。

おさんは、居座ったまま、いっこうに出て行く気配がなかった。

行蔵は朝に晩に実りのない攻防をくりかえし、ほとほと疲れはててしまった。口では勝てないし、追い払ってもまたもどってくる。しかもあれ以来、痛い目にあわせて追い出そうという気は失せていた。おさんがいちの娘なら、いちは、母娘二人、追手をかわしながら生きてゆく心もとなさを身にしみて感じていたにちがいない。娘にただひとつ遺してやれたのが御庭番として磨きをかけた身を守るための技だったわけで、実は冷徹に見えて孝行息子だった行蔵は、いちの娘をおもう気持ちにほだされて、それだけは尊重してやりたいと考えていたのだ。つまり、おさんを――いちを――力ずくでねじ伏せることだけはすまい、と。

おさんは当たり前の顔で飯を炊き、手際よく掃除洗濯をして、踊りの稽古に出かけて行った。門人たちと顔を合わせることはめったになかったが、それでもすぐさま噂となり、〈伊賀町の先生のところに若い女が住みついた〉ことはだれもが知るところとなった。が、おさんは行蔵を〈祖父ちゃん〉と呼び、行蔵はおさんを〈田舎から出て来た遠縁の娘〉ととりつくろったので、それ以上に詮索する者はいなかった。いずれにしろ、粗衣粗食を厳格に守る偏屈な老人と若い女が一緒に暮らせるはずはない、すぐに出てゆくだろうとだれもが考えていたようだ。

ところが大方の予想は裏切られた。

天下祭は数日後に迫っている。

「早う行け」

「はい。先生のご温情を知れば、おさんどのは感激されましょう、名主もきっと……」

「ま、待て待て。わしは知らぬぞ。わしの名は出すな」

「なれど銭は先生の馬具を売ってつくるわけで……」

「おぬしが盗んだことにすればよい」

「そんな、無茶なッ」平太は馬具を放り出して両手を泳がせた。「めっそうもございませぬ。手前が先生の馬具を盗んだなどと噂がひろまれば、妻木《つまき》さまや吉里《よしざと》さまから袋叩きにされましょう」

妻木や吉里、他に小田《おだ》や松村《まつむら》は〈四天王〉と呼ばれる行蔵の高弟である。

「そうか。では、わしに頼み込んで借りた、といえばよい」

「殺生な……手前がなぜ、おさんどののために……」

「泣いておると教えたのはおぬしだ」

「それは、先生が気にしておられるかと……」

「あのような無礼者、気にするものか、べらぼうめ。ぎゃあぎゃあうるさいゆえ、天下祭が終わるまでやむなく置いてやることにしただけだ」

「はあ、天下祭が終わるまで、さようですかねえ……」

平太の頬が小刻みにふるえて、今にも破顔しそうだ。

「べらぼうめッ。破門されとうなければ早う行けッ」

行蔵に大音声で怒鳴られて、平太は馬具を抱き、脱兎のごとく退散した。


文化十三年丙子《ひのえね》、六月十五日。

昨日から山王祭の宵宮《よいみや》がはじまっていた。この日はいよいよ将軍上覧のある本祭で、未明にはすでに山車がくりだしているはずである。江戸市中は煮立った鍋をひっくりかえしたような賑わいにちがいない。

武道塾は森閑としていた。

行蔵はだだっ広い稽古場の真ん中で独り、胡坐をかいていた。虚空をにらみすえ、いつにもまして不機嫌に口をへの字に曲げている。

天下祭が近づいてから、おさんは泊りがけで稽古をする日がつづいていた。が、一昨日の晩はここにいて、昨日の朝早く出かけて行った。

出がけに話をした。

「明日は見に来てくれるんだろうね」

このところいつもそうだが、高揚して目がきらきら輝いている。行蔵はふっといちをおもった。赤ん坊のときから知っているいちは、そもそも友の子でもあったから、行蔵にとっても娘のようなものだった。けれど今にしておもえば、それだけではなく憧憬に似た感情も、抱いたことがあったような気がする。きらめくあの眸《ひとみ》を見たときに――。

「祭りになんぞ、行くわけがなかろう」

「なんでサ」

「人込みは苦手だ」

「だけど、天下祭だよ」

「だからなんだ?」

「あたいが踊るんだ。奇特なだれかさんがあつらえてくれた、いちばんきれいなおべべを着て。だからサ、祖父ちゃんにも見てもらわなきゃ」

平太が馬具を売った銭で、名主は古着屋を呼び、おさんにとびきりの衣装を選んだと聞いている。平太が行蔵に頼み込んで銭を借りたなどという話はだれも本気にしなかったようだが、もちろんおさんは余計なことをいって行蔵を困らせたりはしなかった。

「ねえ、来ておくれよ」

「うるさい。行くものか」

「けど、だけど、ね、ちょっとだけでも。ねえったらねえ……」

「べらぼうめッ。死んでも行かんぞ」

おさんはあきらめて出かけていった。

落胆したその顔は、またもや、長いこと忘れていたいちの顔をおもいださせた。二十年前の天下祭。赤坂御門のかたわらの溜池の土手。行く手をふさいだあのとき、いちは一瞬憤り、それから目を伏せた。伊賀者である行蔵なら御庭番の娘の悲哀を理解してくれるとおもったのにそうではなかった。それが、哀しかったのか。

死に物狂いで留めるべきだった――。

こみあげるものがあり、行蔵はいきおいよく腰を上げた。じっとしてはいられない。戸口へ駆けより、そこではっと立ち止まる。板戸に頭を打ちつけて呻いた。昂りが鎮まるのを待ってひきかえし、元の場所へどかりと腰を下ろす。かたわらに欅の板はなかったが、床板を両の拳でどかどかと撃ちすえた。

あいつは、大馬鹿者だ――。

突如、腹が煮えて、行蔵は顔をくしゃくしゃにした。そそのかしたか、そそのかされたか、男と手に手をとって逃げ出すなどもってのほかだ。そんなことをしてなんになる？　人は生まれた場所で生きるしかない。伊賀者は伊賀者、御庭番は御庭番……。身の程も知らぬ馬鹿なこと、親不孝をしたから不幸になったのだ。

しかし――と、首をかしげた。いちは、不幸になったのだろうか。

わからない。が、ひとつだけたしかなことがあった。死ぬ前に行蔵の名を娘に伝えたことだ。なぜ、自分の名だったのか……。

いちは、行蔵がわざとやられてくれた、やられたふりをして自分を見逃してくれたとおもったのかもしれない。自分を出奔させてくれたのは行蔵だ、と。そしてその行蔵なら、愛娘を託せるのではないか……とも。

「べらぼうめ」

両の拳で己の左右のこめかみをぶちのめす。

眼から火花が出た。痛みと同時にすーっと胸にわだかまっていた痞《つか》えが下りた。

馬鹿は、己だ。

今度こそ、行蔵は戸口へ突進した。乱暴に戸を引き開け、玄関から外へ躍り出る。

頭上には太陽がぎらついていた。

巷は天下祭のまっ只中だ。

年甲斐もなく韋駄天で駆けてゆけば、もしかして、まだ、間に合うかもしれない――。

関羽の頭頂

三本雅彦

三本雅彦（みもと・まさひこ）
一九九〇年神奈川県生まれ。二〇一七年「新芽」でオール讀物新人賞を受賞しデビュー。二〇二三年『運び屋円十郎』を上梓。本作も「運び屋円十郎」シリーズの一篇。

一

柳瀬円十郎《やなせえんじゅうろう》は、江戸柳橋にある船宿〈あけぼの〉の一室で、主の日出助《ひですけ》と文机《ふづくえ》を挟んで向き合った。夜更けということもあり舟遊びの客はいないが、店の外――江戸の町には、そわそわと落ち着かない空気が流れている。

「夜遅くにすまないね、円さん」

日出助は七福神の恵比寿にそっくりな福々しい顔のまま、小さく頭を下げた。

「構いません。仕事ですか？」

夜に呼び出されたくらいなのだから、急を要する仕事なのだろう。円十郎は単刀直入に聞いた。

「明日……というか、もう数刻後には始まるねえ、神田祭」

しかし日出助はゆっくりとした口調で言葉を紡ぐ。すぐに動き始める必要があるほどではないのかもしれない。円十郎は逸《はや》る気持ちを抑えるために、一つ深く息を吸った。

明日九月十五日は神田祭である。

暁丑の刻（午前二時ごろ）から神田祭の山車《だし》などが動き始めるため、〈あけぼの〉に来るまでに通り過ぎた町々は夜にも関わらず、熱気のようなものを発していた。

「そうみたいですね」

「楽しみ……ではなさそうだね」

「祭とは無縁です」

「円さんは今、十九だろう？　あたしがそのくらいの歳のころは、浮かれていたけどね」

「人混みは苦手です。騒ぐのが楽しいとも思いません」

「それは良かった。そういう円さんだから、今回の仕事には丁度良いんだよ。お祭りが気になって、浮つくような〈運び屋〉には託せないから」

仕事の話に入った。円十郎は背筋を伸ばして日出助の目を見る。

船宿〈あけぼの〉は表の姿であり、その裏で日出助は〈運び屋〉として依頼を受けている。

決して他人に奪われてはならない事情がある荷物を運ぶのが〈運び屋〉だ。

他人に渡っては困る荷物ということは、誰かにとっては是が非でも欲しい物でもある。それゆえ、強引に奪おうとしてくる者と争いになることもある。そういう厄介を撥《は》ね退けて確実に荷物を運ぶのが、〈運び屋〉の仕事であった。

「運びの掟《おきて》、言ってご覧なさい」

「一つ、中身を見ぬこと。二つ、相手を探らぬこと。三つ、刻《とき》と所を違えぬこと」

仕事を受ける際に必ず唱える掟である。

これは依頼人の秘密を守るだけでなく、〈運び屋〉自身を守るためのものでもあった。万が一荷物を奪いに来た者に敗れて捕まった際に、荷物の事情を知っていては、情報を引き出すために拷問を受け、命を落とす可能性がある。また、荷物が持つ意味を知ってしまっては、運ぶ最中に迷いが生じ、しくじる一因になるかもしれない。とにかく厄介な荷物を運ぶのだから、何も知らないほうが都合が良いのである。

「これが今回の依頼だよ」

そう言って、日出助は文机に広げた帳面の一行を指で示す。

——神田祭、関羽《かんう》山車の頭頂。田安《たやす》御門至近で開いた扇を立てること。

円十郎は書かれている依頼内容を二度、三度と読み直す。

「荷物は……扇ですか?」

円十郎の困惑を苦笑で受け止め、日出助は帳面の上に普段遣いのものより一回り大きな扇を置いた。

「今回に関しては、扇の意味を荷物の中身としよう」

円十郎は扇を手に取ったが、開いて良いものなのかと躊躇した。扇面に何かが描かれていれば、依頼人が扇に込めた意味――中身を知ってしまうことにならないだろうか。

「開いて良いよ。というより、開かざるを得ない」

日出助が己の両手を扇のように開いてみせる。

依頼は開いた扇を頭に立てることなのだから、遅かれ早かれ、扇面を見ることになる。日出助も開くよう促しているのだから、ここに意味が分かる何かは描かれていないのだろう。

円十郎は扇を開いた。

「金色、いや黄色ですね」

金箔や金泥ではない。金色に近い黄色で塗られている扇面を見て、円十郎の頭の中が勝手にくるくると回り始める。

神田明神から出て町内を練り歩く山車の上に載る関羽像の頭頂に、金の扇を差す。その関羽山車は田安御門を通り、江戸城内に入るわけだが、それの意味するところは……。

パタン、と音を立てて、円十郎は扇と思考を閉じた。日出助が頷いている。

「扇を依頼された場所に運びます」

「うん、それで良い」

日出助が言っていたとおり、この扇が何を意味するのかを知らなければ、掟に背くことにはならない。余計なことは考えず、ただ運ぶ。それだけのことだ。

「これが今回の報酬だよ」

日出助が一両小判を一枚置いた。〈運び屋〉の仕事の報酬として、なかなかの額である。

「扇を差す場所は、門前でなければならないのでしょうか？」

すでに関羽山車は存在しているのだから、夜中のうちに扇を立てれば良いではないか。神田祭は人出が尋常ではないと聞く。しかも明るい日中の仕事になるから、どうしても人目についてしまう。円十郎の疑問に日出助が答える。

「山車が町を練り歩く前に差したら、出発前に係りの者に外されてしまうだろう。もし町中で差したら、山車を停めて外されてしまうからだね。でもお城の門前なら、何か問題があったと思われて入城できなくなるのは嫌だろうし、ゆっくり停めて外す間もないだろうから」

「差した扇が外されることなく城に入ることを、依頼主は望んでいるのですね」

もともと依頼の指示に背くつもりはないが、気が逸って田安御門からまだ遠い所で動いてはいけないことがよく分かった。

「早すぎてもだめ。遅すぎると門番に見咎められて、円さんの身が危ない。難しい運びになるけれど、よろしく頼むよ」

「かしこまりました」

日出助が帳面を閉じる。円十郎は扇を手にして立ち上がった。

「部屋を空けてあるから、ここで休んでから向かうといいよ」

依頼の荷物を持って住まいにしている長屋に戻ることは危険だ。円十郎は用意された部屋へ、日出助とともに向かう。

「日出助さん、他にも用意してほしいものがあります」

「あまりものだけど、煮染めがあるよ。あと酒もあるから、一杯やろうか」

日出助が嬉しそうに言う。円十郎は少し申し訳なく思いながら、首を左右に振った。

「いえ、早く寝て備えます」

「……そう言うと思っていたよ」

残念そうに俯く日出助に、円十郎は必要なものを伝えた。

「祭に馴染む半纏《はんてん》を貸してください」

いつもであれば忍び装束に身を包み、黒い布で面を覆い隠すのだが、日中の祭にその格好では目立ってしまう。怪しい者だと思われないよう、祭に溶け込む格好をしたい。

「それと、覆面代わりに施すための化粧道具をお願いします」

「役者みたいに隈《くま》を取るかい？」

日出助はいつになく楽しげだ。貧乏暮らしが長く、祭に背を向けて来た円十郎には分からないことだが、やはり神田祭や山王祭は江戸に住む人々を興奮させるものがあるのだろう。

「目つきや鼻、口の見え方を変えて、俺だと分かりにくくする程度です」

円十郎の目は切れ長で、細く高い鼻、薄い唇をしている。素顔を晒したまま山車を登って関羽像に取り付いては、知り合いに見られたり、町の人々の記憶に残ったりすることとなり、今後の仕事や生活に障りが出る。だから化粧を施して、円十郎だと分からなくしたかった。

「一通りの道具と衣装は用意してあるよ」

日出助はすべて把握していて、冗談を言っていたのだろう。部屋に入ると、布団の傍に畳まれた祭り半纏と化粧箱が置いてあった。

「酒はまたの機会に」

「円さんはあまり酒に強くないだろう？　今度、肴が旨い居酒屋にでも行こう」

日出助はそう言って、円十郎の背中をぽんと叩いた。円十郎は軽く頭を下げて、去っていく〈運び屋〉の元締めの背中を見送った。

二

円十郎は困惑していた。

日本橋の北、神田鍛治町のあたりで、運び先である関羽山車を見ておこうと思ったのだが、筋違御門《すじかい》からここまで、人、人、人、である。常からこの界隈は人で溢れているのだが、今日はその比ではなく、江戸の東西南北からすべての人が集結したように感じる。

その中に混ざり込んだ円十郎は、四方八方から体をぎゅうぎゅう押されていて、平均より少しだけ背が高いことが幸いし、どうにか息はできているという有様だ。

――神田祭がこれほどのものだとは。

これまで生きてきた中で、喧騒は耳に届いていたし、祭の錦絵や、各町が出す山車行列を描いた祭礼番附も見たことはあるが、通りにこれほど人が密集し、大声で笑い、怒鳴り、押し合うとは知らなかった。

きっとここにいるほとんどは、二年後に催される次回の神田祭にも同じように喜び勇んで加わるのだろう。一生に一度の祭というわけではないにも関わらず、これほどまでの賑わいとなることに驚きながら、円十郎は祭に馴染めない己が独り異質なのだと感じている。

――騒ぎ方を知らないのだ。

円十郎は心の中で、周りの人に言い訳をした。

円十郎は物心ついた頃から、父である半兵衛《はんべえ》から家伝の柳雪流躰術《りゅうせつりゅうたいじゅつ》の厳しく激しい鍛錬を課されてきた。

半兵衛もまた〈あけぼの〉の〈運び屋〉だった。その他にも荒事を請け負っていたが、小田原北条《ほうじょう》氏の忍びだった先祖から伝わる柳雪流躰術を世に広めるべく、いつかは己の道場を持ちたいという志を抱いていた。

その跡継ぎとなる円十郎は、近所の同年代の子らと遊ぶこともなく、来る日も来る日も稽古だった。常に体のどこかは痛む。数日に一度は体を休める日があったが、遊びに行く気など起きず、ひたすら寝て過ごしていたから、子供が何をして遊ぶのかが未だに分からない。

十歳の時に母が病を得て、半兵衛とともに看病した。体調が持ち直しては崩れるということを繰り返し、ついに母は亡くなり、道場のための金はすっかりなくなった。

貧しい暮らしの中に祭に行く銭などなかったし、銭があったとしても祭を楽しむ気持ちには到底ならなかった。

母の一周忌のあと、半兵衛は白山《はくさん》権現の近くに小さな道場を構えた。

円十郎は十五歳になっていた。

それから三年の間、門人は多い時でも五人。それも一時的なもので、半兵衛は道場存続のために奔走し、円十郎も己の稽古の傍ら、門人の相手をして過ごした。

柳雪流躰術は、己の肉体を自在に操ることに長けている。体に加えられる力をどう遣い、どう動くかということを日夜考え続け、常人には不可解な動きをする技だ。

だが素手での格闘が主で、跳躍して宙返りしながら攻撃をするなどという躰術を教える小さな道場には、竹刀と防具を用いた華やかな剣術が流行している時代に人は集まらなかった。

道場を開いてから三年経ったころ、半兵衛は血を吐いた。

道場を畳んだ親子は日出助に助けてもらった。円十郎は救ってくれた日出助に恩を返しつつ、修めた躰術で金を稼ぐために〈運び屋〉となった。

そうしておよそ一年が経ち、今日に至る。

――そうやって生きてきたから、祭に馴染めないのだ。

「仕方ないだろう」

そう呟いた声は歓声に掻き消された。

通りを巨大な山車が進んで来る。二階建ての建物くらいの高さがあった。台車の上に華やかな布を纏《まと》った四角い箱のようなものを二段積み、その上の欄干付きの舞台に、大きな人型の像が屹立している。

「あれが関羽か」

円十郎は顔面を天に向けて、今回の運び先を見上げる。

緑色の着物で堂々とした体を包み、右手には『三国志』の講話や本などで見聞きしたことがある偃月刀《えんげつとう》を摑んでいる。左手は美髯《びぜん》公と称された関羽に相応しい、黒絹のような長い髭に触れている。そして頭には頭巾を被っていた。

あの頭頂に、扇を立てる。関羽山車を目の前にして、円十郎は腰に差した依頼の荷物に触れた。

普段ならば荷物を損ねたり落としたりしないよう、背負うか懐深くに入れるのだが、今回は人が大勢いる中で、江戸城の門を通る直前にあの舞台に上がり、関羽像を登り、扇を開いて頭に差すのである。これは扇を大事に箱に入れて背負っているようでは間に合わない。そのため、腰の帯に扇を閉じて差していた。

円十郎はそのまま関羽山車を見送ったが、次の山車が来る前に歩き出した。

人の間をすり抜けて行く。

立ち止まって押し潰されている時はどうしようもないが、動いている人ならば、体の重心や視線を見て容易に次の行動を推測できる。袖が触れる程度で、衝突することなく円十郎は関羽山車を追いかけた。

それにしても物凄い人出である。日出助が今回の神田祭は大変な賑わいになると嬉しそうに語っていたことを思い起こす。

神田祭と山王祭は、天下祭と呼ばれている。

これはこの二つの祭の行列だけが江戸城内に入ることを許され、天下を治める徳川家の人々が見物するためだ。

しかし四年前の安政二年（一八五五年）の神田祭では、神輿以外の山車行列などは江戸城内に入ることができなかった。これは嘉永六年（一八五三年）に将軍家慶が死去したことが影響している。

二年後の安政四年の神田祭は安政二年の大地震、翌三年の大風雨の影響もあり、踊り屋台や曳き物が出る附祭《つけまつり》はなく山車のみが出た。

だが今年、安政六年の神田祭は本来の形で行うこととなった。山車行列、附祭行列が町を練り歩き、田安御門から江戸城内に入るのである。

日出助が言うには、黒船が来航して以来、威信が揺らいでいる公儀がその威を人々に示したり、町を賑わして景気を良くする目的だったり、滞在している外国人に見せつけるためなど、様々な思惑があるらしい。

祭に参加している人々の多くはそこまで理解していないだろう。細かいことは抜きにして、ここ数年の不幸や不景気を吹き飛ばそうという気持ちが、この盛況を生んでいるに違いない。

――日々の不満を吐き出す良い機会なのだろう。

円十郎は祭の喧騒を浴びているうちに、なぜこれほどまでに騒ぐのか、少しずつ分かってきた。

良いことばかりではなく、辛く、疲れることに埋め尽くされる毎日だ。それでも人は、一日のうちの僅かな楽しみのために、歯を食いしばって懸命に生きている。そうして時が一年、二年と積み重なっていく間にどこかが疲弊していく。鬱屈していく。

そういう頃合いに、祭がある。今日までよく頑張った、心置きなく騒いで良いぞと、祭囃子が囃し立てる。煽られ、心の底に澱《おり》のように溜まっていた暗いものを、笑い声とともに吐き出す。そうしてまた、明日に立ち向かう力が湧いてくるのだろう。

一年前に〈運び屋〉になるまで、円十郎は鬱々としていた。

母が死に、父は己の志である道場のために、ほうぼう頭を下げて金策していた。門人は増えず、入ってもすぐに辞めてしまう。

練り上げてきた躰術を存分に遣う機会もなく、いつ終わるともしれない苦労と貧乏に付き合わされていた。半兵衛が倒れて道場を閉めた時、正直に言って、解き放たれた気持ちになった。

その後、円十郎は日出助に頼み、〈運び屋〉の仕事をもらった。初めての仕事では武士が振るう白刃を掻い潜《くぐ》り、鍛え続けてきた技で打ち倒すことができた。

その夜は満月だった。屋根の上を駆け、跳躍し、燕のように身を翻したとき、風が肚の中の瘴気を吹き飛ばしていく心地がした。

きっと神田祭を心から楽しんでいる人々は、あの時の円十郎と似たような気分になっているのだろう。

そう思えば、酔客の予測がつかない足取りで足の甲を踏まれたとしても、憤りはしなかった。

三

関羽の頭頂を見ながら神田橋御門のあたりの道をゆったり歩いていると、鋭い視線が腰のあたりを射抜いてきた。

円十郎は表情こそ変えなかったものの、左手を咄嗟に、人の目から扇を覆い隠すように動かしてしまった。

軽はずみな動作をしてしまったと心の内では後悔したが、なにもなかったようなふりをして、無言のまま歩き続けた。視線の主は後をつけてくる。

武家の男だ。二十歳をいくつか越えているだろうか。腰には大小の刀を帯びており、足運びが良い。身なりは質素だが整っている。その後ろに二人。いずれも似たような格好だ。

　円十郎は歩く速さを変えず、人の波に紛れ込もうとした。しかし三人のうちの一人が機敏に察知し、左手側に回り込んできた。

　足を早めて前に行こうと思ったが、大柄な力士風の男たちが横に並んでおり、追い越しにくい。その背中を登って行くのは容易だが、まだ周囲の人を騒がせたくなかった。背中に手が伸びてくる気配を感じ、円十郎はふらりと右に曲がった。

　錦小路に入り、少し進んだところでまた右に折れた。

　関羽山車は錦小路を真っ直ぐ進んでいく。円十郎は目標に背中を向けて遠ざかっていくことになるが、仕方がない。先にこの者たちを撒《ま》かなくてはならない。

　武家屋敷の一画を真っ直ぐ行き、町家に入る。祭囃子は遠くに聞こえ、人気《ひとけ》が絶えた。人が二人並べる程度の幅の路地である。

「そこの御仁、腰の扇、見せてくれないか」

　丁寧な口調だが、息は荒く、声は固い。円十郎は無言で振り向く。

　三人の武士は腰の扇を正面から見て、

「やはり、間違いあるまい」

　と囁きを交わす。

声を掛けてきた男以外から、捜し物を見つけて安堵する空気が滲み出るが、男が刀の鯉口をこれ見よがしに切ると、瞬時に引き締まった。

「無礼を許してもらいたい。事情がある」

男は若いのに、眉がところどころ白かった。

「その扇、人から預かった物であろう。お主にも事情があるとは思うが、こちらに渡してもらえないだろうか」

白眉はいつでも刀を抜けるように、右手を柄に掛けている。

柔らかな口調だが、円十郎が首を横に振った途端に斬りつけて来ると分かる。じり、と後ろに下がり、間合いを取る。白眉は止まった。おそらくここが、白眉の間合いの端だろう。

円十郎は白眉が剣をかなり遣えると見た。いつ踏み込んで来るか。気の起こりを見逃すまいと身構えていると、

「それは馬印《うまじるし》を模したものだ」

白眉が言った。円十郎は白刃よりも言葉が出てくるという思わぬことに呆然とした。

白眉は話を続ける。

「それがしの不肖の弟が、過激な志を同じくする者と拵えたものなのだ。金扇、馬印と言えば分かるだろう」

――徳川の馬印。

考えまいと思っても、すぐに思い当たってしまう。武将が己の所在を示す馬印。金の扇と言えば徳川家のものだ。円十郎は白眉の口が更に動こうとしているのを見て、両手で耳を塞いだ。

「愚かな弟は、前々から胡乱《うろん》な動きをしていたが、今朝はどういうわけか上機嫌だったゆえ、痛めつけて話を聞き出したのだ。曰く――」

耳を塞いでも、白眉の声が届いてしまう。後ろに下がって逃げようと思ったが、背後にもう一人、現れた。これで四人。

「武勇と信義の人である関羽像に金扇を立てることで、城内で祭行列をご覧になる方々に、徳川家の武勇と信義を思い出し、即時攘夷を実行すべしと訴えかけるのだと言う」

白眉は嘆きの息を吐き出した。

「そのようなことで心を動かされる方々ではない。だが天下祭に乗じた僭越極まる訴えであると、意図は読み取られるだろう。扇を立てた者は、企んだ者は、誰か。それが弟であると知られてしまえば、当家は断絶となる」

白眉は縋《すが》るような目で円十郎を見つめた。

「扇を渡してほしい。愚弟の身の程を弁《わきま》えない、志という名で飾った暴挙を止めなくてはならないのだ。手荒な真似はしたくないから、すべて話した。お主もこんな妄動に巻き込まれて命を脅かされたくはなかろう」

「……」

円十郎は無言を貫く。

荷物の意図を知ってしまった。〈運び屋〉の掟を破ってしまった。聞いてもいないのに喋ってきた白眉に怒りが湧くが、同時に憐れみも感じた。

白眉とその一族は、己の弟が抱いた志のせいで、命脈を絶たれるかもしれない状況にある。身勝手な行動の巻き添えを食らい、死ななくてはならないなど、看過できるはずがない。

円十郎は白眉の気持ちがよく分かった。父の道場を持ちたいという志に付き合わされる形で苦労した円十郎は、傍迷惑な志に振り回される側のことが理解できる。

――扇を渡そうか。

一瞬そう思ったが、すぐにその考えは捨てた。

――運ぶのが仕事だ。

扇が持つ意味や背景など関係ない。

これは〈運び屋〉に預けられた依頼の荷物である。

託された荷物を指示された場所に運ぶ。それが己の仕事だ。

「……そうか」

白眉は円十郎に応じる気がないことを察したようだ。呟くと、抜く手も見えぬ早業で刀を閃かせた。円十郎は動きの起こりを肌で感じ、目で見る前に後ろに飛び退いた。

背後にいる男も刀を抜いていた。円十郎の背中めがけて刃を振り下ろす。円十郎は体を独楽《こま》のように回して躱《かわ》しながら背後の男に肉薄し、顎先を肘で打ち抜く。体の勢いを止めずに、膝から崩れ落ちた男の後ろに立った。

気合の声を発して、白眉の後ろに控えていた二人が突進してくる。どちらも刀は抜いていない。柔術を遣えるのだろう。円十郎は、顎を打たれて膝をつき、気を失っている男の背中を押して前に倒した。進路を塞がれた一人が足を止める。

「えぇい！」

一人の男が円十郎に迫り、鋭い拳を放つ。身を低くして避け、曲げた膝を伸ばす力を乗せた前蹴りを繰り出す。足裏が腹を抉《えぐ》ったが、男は己の腹にめり込んだ円十郎の足を両手で強く摑んだ。

――頑丈な奴だ。

円十郎は感心しながら、もう一本の足で地面を強く蹴り、男に向かって跳躍した。勢いそのままに、地を蹴った足の膝を鼻面に叩き込む。鼻の骨が折れる感触と音があった。

解放された円十郎は両足で降り立った。間髪を入れず、足止めされていた男が接近してくる。腕を摑もうと伸びてくる手を捌《さば》き、間を取った。

距離を詰めてくる。円十郎は背中を見せるようにくるりと回転し、その速さから生まれる力を右の踵一点に集め、踏み込んできた男の横腹を穿《うが》った。男は傍の板塀に激突し、崩れ落ちた。

あとは白眉のみ。円十郎は正面に立つ相手を見た。大刀を正眼に構えている。

「手練《てだれ》と見ていたが、これほどとは」

白眉は仲間が全員倒されたというのに、微笑を浮かべて言った。

「手加減はできぬぞ」

詫びるように言うなり、白眉は踏み込み、突きを放った。円十郎は考える間もなく咄嗟に下がって避けた。

――速い！

円十郎は剣が生んだ圧力に押されるようにして白眉から距離を取りながら、懐から棒手裏剣を一本取り出し、投擲《とうてき》した。

「むっ！」

白眉は思わぬ攻撃に驚いて目を見開いたが、冷静に刀を動かして棒手裏剣を叩き落とし、即座に間を詰めてくる。

横薙ぎの一閃を円十郎は膝を落として躱す。白眉は流れるような動きで刀を頭上に掲げ、そのまま振り下ろす。円十郎は半身になって避けながら白眉の腕を摑もうとした。

だが白眉は俊敏な動きで下がり、円十郎の間合いから外れた。

円十郎は地を蹴って間合いを詰めたが、背筋を冷たくする不穏な気配を感じて、意識を攻撃から防御へと転じた。

剣尖が眉間に迫る。円十郎が前方に向かっている分、先程よりも刺突が速く感じる。白眉は円十郎が追い縋ることを見越して、下がりながら構え、突きを放ったのだ。

直感的に守りに意識を傾けていなければ、串刺しになっていただろう。円十郎は上体を反らし、さらに後ろ足の膝を地に落とした。直前まで顔があったところを白眉の刺突が貫く。

どうにか躱したが、体勢が悪い。円十郎は眼前の刃から目を逸らさず、次の動きを見定めようとした。

眼前の刃が振り上げられた。

――甘い。

円十郎は白眉の剣が上がった瞬間に余裕を取り戻した。刃が天へと向かう間に、円十郎は体を右に捻り、白眉に背を向ける形で両の手と膝を地面についた。そして右足を鎌のように振り、白眉の前足を払った。

脛の外側を強《した》かに蹴られた白眉は重心を崩し、横に倒れた。受け身を取り、素早く中腰になった白眉に円十郎は低い姿勢のまま迫り、まだ刀を握っている右手首を摑むと、背中側に捻り上げ、うつ伏せに地面に押し付けて制圧した。

白眉は肩の関節が相当に痛んでいるはずだが、まだ刀の柄を握り締めている。だが円十郎がさらに力を加えると耐えきれずに刀を取り落とした。

ふう、と円十郎は詰めていた息を吐き出した。

真剣での闘いでは、見事な技など必要ない。

突きを放った姿勢のまま膝を曲げて腰を落とせば、刀の重さと鋭さで十分に肉は斬れる。目に掠《かす》れば視界が塞がり、鼻や口を裂けば血で息が苦しくなる。小さな傷でも何でも、とにかく相手の力を削ぐことが肝要で、道場でするようなしっかりとした強い切り下ろしなど不要なのだ。

白眉は命の遣り取りの勘所を分かっていなかった。

「ぐっ……」

円十郎は呻く白眉をどうしたものかと考えた。

追いかけて来られないように意識を奪う必要があるが、組み伏せた体勢のままだと、首を絞めて落とすしかない。円十郎に命を奪うつもりは毛頭ないが、白眉はそれを知らない。首に腕を回されたら絞め殺されると恐怖するだろう。

円十郎は白眉に同情していた。

弟のせいで御家断絶となるかもしれず、それを防ぐために仲間と扇を捜しに来たが、円十郎に出会い、倒された。いま、白眉は絶望に打ちひしがれているだろう。

その上に殺される恐怖を味わわせるのは酷だ。白眉が悪いのではなく、弟の身勝手で意味がないように思える志が悪いのである。これ以上、白眉を苦しませたくはない、と円十郎は思った。

――やはり、掟は破るものではないな。

円十郎はため息を吐いた。

運ぶ荷物のことを詳しく知ってしまったばっかりに、荷物を奪いに来た敵に手心を加えている。今回は難なく制することができたから良いが、これが強者であれば、その躊躇のせいで命を落とし、荷を奪われるに違いない。

――最初で最後の掟破りにしたいものだ。

円十郎は白眉の手首を離し、解き放った。白眉は即座に立ち上がったが、足元がふらついている。

「安心しろ」

円十郎は口を開いた。

「おまえの弟は迷惑な男だが、依頼先は正しかった」

「……どういうことだ」

「おまえたちが口を閉ざせば、この荷物の依頼主や出処が明るみに出ることはない」

怪訝《けげん》な目でこちらを見る白眉に歩み寄る。

「あとは弟をおとなしくさせることだ」

そう言い、円十郎は拳で白眉の顎先を打った。

気を失った白眉は、なにをされたのかも分かっていないだろう。あとで痛むだろうが、死の淵を見るよりは良いはずだ。

四

静かになった路地で、円十郎は天を仰いだ。汗が滴る。

何かと手間取った。関羽山車はだいぶ進んでしまっただろうから、急いで追いかける必要がある。

円十郎は山車行列の道筋を頭に描く。

錦小路のところまでは目標である関羽山車が見えていた。円十郎は人気がない路地を求めて山車とは反対の方向にしばらく進んだが、あのあと山車は錦小路の中程で西に折れ、野原が広がる護持院原《ごじいんがはら》を横に見ながら西進する。

一ツ橋御門の前の通りに出ると山車は右に曲がり、大名屋敷に突き当たると左に曲がる。そのまま直進し、堀留のほうへと向かう。

そこまで来れば、田安御門までもう少しだ。今頃は堀留にかかる俎橋《まないた》を渡っているかもしれない。飯田町の中坂を上れば、田安御門前の開けた場所に出る。関羽山車の頭頂に扇を立てるのは、そのあたりになる。

——まだ間に合うが、急がねば。

円十郎は路地に倒れている武士たちを見下ろす。皆一様に気を失っているが、仰向けやうつ伏せ、姿勢は様々だ。このまま放っておいてもいいが、嘔吐でもしたら息が詰って危ういかもしれない。

荷物を運ぶために邪魔をしてくる者を打ち倒すことがあるのが〈運び屋〉だが、命を奪う必要はない。殴打する際に、致命の一撃にはならないように加減している。いつもなら倒した相手のその後など気にしないが、今回は相手のことを知りすぎてしまった。

——万が一にでも死なれたら後味が悪い。

そう思い、円十郎は男たちを横臥の姿勢に変えた。手を顔の下に差し込み、再び仰向けなどにならないよう、上側になっている足を前に出す形にした。これなら嘔吐や吐血をしたとしても喉に詰まることはないと、躰術の師でもある父、半兵衛に教わったことがある。

円十郎は額の汗を腕で拭い、周囲を見渡した。

人はいないが、山車が田安御門を通れば少しは戻ってくる者もいるだろう。そのくらいの頃に武士たちが発見され、介抱されると都合が良い。あまり早く目を覚まされて、再び邪魔をされては困る。

円十郎は歩き出した。田安御門までの道は武家屋敷が多く並んでおり、道も入り組んでいる。通りにはまだまだ祭行列が続いているから人も多い。人の流れに合わせていては間に合わないだろう。

円十郎は徐々に足を早く動かし始める。路地を抜けると、走り出した。少し広い通りに出ると、南北に渡って立ち並ぶ武家屋敷群にぶつかる。この向こう側が錦小路だ。常であれば右か左に曲がって屋敷群を迂回するが、急がねばならない。

円十郎は走る足を緩めることなく武家屋敷の塀に駆け寄り、跳躍した。塀の壁を蹴り、屋根瓦に手を掛けて、ふわりと舞い上がる。塀を越えて屋敷の内に入り、身を低くして駆け抜けると、再び現れた塀も軽々と乗り越えた。

同じようにもうひとつ武家屋敷を跳び越えて行くと、錦小路に出た。ちょうど護持院原の通りの入り口だが、そこは祭行列と見物客で溢れていた。

円十郎は北に足を向けた。いくらか人は少ないが、ぶつからないように少し歩速を落とす。素早い身ごなしで人と人の間をすり抜けていく。時折、円十郎に驚いた人が声を上げたが、構ってはいられない。

表猿楽町の通りに出た。祭の道からは外れているため、格段に人が減った。円十郎は駆け足で通りを行く。祭行列が渡る俎橋の北側にある、小さなこおろぎ橋を目指していた。

神保小路を抜け、その突き当りの今川小路で右折。武家屋敷を駆け抜けると、こおろぎ橋が見えた。祭囃子が聞こえる。町家の向こう側にある中坂は人で埋め尽くされていた。

関羽山車は見えなかったが、その二つ後ろの山車である、牛若丸と大天狗の姿が見えた。

座した大きな天狗像が伸ばす右腕に、小さな牛若丸が立っている。大天狗の腕が折れることなく、牛若丸が揺れて倒れることもなく、一体どのような作りになっているのだろうかと、円十郎はつい目を奪われた。

だがすぐに頭を振り、立派な山車を意識から外す。あそこに牛若丸と大天狗がいるということは、関羽山車は中坂をかなり上っているはずだ。円十郎はこおろぎ橋から真っ直ぐ西に延びる冬青木《もちのき》坂を駆け上がる。

祭の賑やかな音曲や笑い声は中坂の道に収まり切らず、天に打ち上がり、町家の細い隙間を穿ち、一本裏の冬青木坂に漏れ出している。円十郎は少し人気が少ない道を走りながら、きっとこれからも、一本外れた場所から祭の様子を窺って生きるのだろう、と感じていた。

――ここで良い。

一本裏の道。賑やかな塊の外。中心から少し離れた場所。そこが己の居場所だと、円十郎は思った。

冬青木坂を上りきった。広い通りに出る。田安御門前だ。中坂を出てすぐのところに関羽山車はいない。さらに遠くに目を遣ると、九段坂上にその大きな背中と偃月刀が見えた。

もうすぐ門だ。猶予はない。円十郎は腰の扇に触れて走り出そうとして、口の中に入る不味《まず》い汁に肝を冷やした。

――化粧が落ちている。

頬に触れると、指先が化粧の赤や黒が混ざりあった色に濡れた。武士たちとの戦闘と、その後、駆け通しだったことで、気づかぬうちに大汗をかいていたのだ。

――これでは顔が知られてしまう。

明るい陽のもとで、多くの人が見ている中、顔を晒したまま関羽像に登れば、きっと何人かに顔を覚えられる。円十郎は門前で関羽の頭頂に扇を差した者として、そしてその扇が持つ意図を知る者あるいは首謀者として追われるに違いない。

己一人の難儀であれば構わないが、いまは〈運び屋〉として動いている。

万が一捕まっても、円十郎は何をされようが口を閉ざすつもりだが、公儀の調べは甘くない。わずかな手がかりから日出助や〈あけぼの〉との繋がりが知られ、日出助も詮議を受けるだろう。〈運び屋〉は今までどおりではいられない。恩人に計り知れない迷惑をかけることになる。それは決して許せない。

さらに扇の依頼主が明るみに出れば、傍迷惑な志を抱く弟を持った不運な兄や一家の者が巻き添えで命を落とすことになるだろう。それも、すべてを知ってしまった今は避けたい。

顔を見られることで人々に与える影響があまりにも大きい。依頼は果たせないとしても、やはり退くほうが賢明ではあるまいか。

——どうせ、ろくでもない荷物なのだから。

するりと己の心の中から出てきた言葉に、円十郎は愕然とした。

中身を見ぬこと。相手を探らぬこと。〈運び屋〉の掟の二つを破ったために生まれてしまったもの。

——この気持ちこそが、掟破りではないか。

金の扇。その意味。それは円十郎からすると馬鹿らしいものだ。

だが依頼人は荷物のために少なくない金を用意しており。懐の中には運びの報酬の小判が入っている。不意に懐の中身がずしりと重く感じられた。

荷物が何かなど〈運び屋〉には関係ない。報酬を受け取り、預かった荷物を必ず運び届ける。それが仕事だ。

あまりにも危険が多く、絶対不可能な状況であれば、諦めることも一つの道かもしれない。

だが、まだ手がある中で、荷物と己の気持ちを秤《はかり》に掛けて仕事を放棄してしまっては、もう二度と〈運び屋〉には戻れない。

円十郎は覚悟を決めた。

あたりを見回すと、中坂の角に座り込んでいる男がいた。騒ぎ疲れ、通り過ぎる祭行列を眺めている様子だ。手には、つばの広い花笠を持っている。円十郎は駆け寄り、顔を伏せて見えないようにしながら、いつもより低めの声を掛けた。

「この笠を譲ってくれ」

「えっ？」

突然のことに戸惑う男を説得しようと言葉を探すが、目だけで関羽山車を見ると、もう門前の橋に差し掛かっていた。心の臓が撥ね上がった。話をしている暇はない。円十郎は懐から昨夜日出助からもらった報酬の一両小判を掴み出し、男の膝に置いた。

「御免」

言うなり、円十郎は男から花笠を取り、頭に深く被った。目元が覆われるほど大きく視界が狭いが、これなら人相は定かではないだろう。走りながら、円十郎は垂れてきた化粧を口の周りにぐちゃぐちゃと塗りたくった。これで髭面、赤ら顔に見えるかもしれない。

花笠が外れないように片手で抑えながら、円十郎は走った。祭行列の外側から回り込み、関羽山車の横から突進した。

大きな大八車の荷台に舞台があり、その上に四角い箱のようなものが二つ積まれている。その一番上の欄干の中に関羽はいる。高さは三丈（約九メートル）ほどあるだろうか。

山車の周りにも人がいる。手前の男がこちらを見た。円十郎は笠を傾けて顔を完全に隠す。猛進してきた円十郎に怯え、男が避けた。大八車の車軸が見えたので、そこに足をかけて飛び上がる。

舞台の欄干に乗った。幸い横木は折れることなく耐えてくれた。円十郎は何事だと声を上げる周囲の人から逃れるように、一瞬も止まらずに一段目の箱の上辺に両手の指を掛け、身を引き上げた。そこにもある欄干をよじ登り、同じ要領で二段目にも上った。一番上の欄干をひらりと跨ぎ、関羽の背後に立った。関羽の腰のあたりを少し押して倒れることはなさそうだと判断し、その背中に負っている剣に頼って体を宙に持ち上げる。関羽の肩に肘を置き、ぐっと右腕を伸ばす。円十郎の右手には開かれた扇がある。扇には鉤《かぎ》ばりが付いていて、それを頭巾に刺すと、金色に塗られた扇がその頭頂に立った。

円十郎は外れそうになった花笠を右手で抑えた。関羽の肩越しに江戸の町を見下ろす。見たことがない高さからの風景に心が弾む。西の方を見れば、遮るものはなにもなく、秀麗な富士の山影が目に飛び込んできた。

――良い景色だ。

円十郎は思わず微笑むが、足元の動揺を聞き取り、すぐに顔を引き締める。関羽の背から降り、逃げ道を探す。そばにある九段坂は、中坂に比べれば人が少ない。一気に坂を駆け下れば、追いつかれることはないだろう。

その先の道も頭に浮かべながら、円十郎は欄干に片足を掛け、手振りで下の人を払う。高いが、転がるように受け身を取れば大事ないだろう。円十郎は少しも躊躇することなく、花笠を頭に押し付けながら山車から飛び降りた。

風が祭り半纏を膨らまし、良い具合に減速できた。

地面があっという間に近づいてきて、視界いっぱいに広がる。

地面に降り立つ際に両膝を曲げることで衝撃を抑えるが、体はそのまま前に勢いがついている。その力を止めるように抗うのではなく、左肩から背中、腰、足と順番に地面を転がった。

痛みがないとは言えないが、骨や筋に損傷を与えずに着地することができた。しかも体には前転の勢いが乗っている。円十郎は転がることで生まれた速さを活かして立ち上がると、そのまま九段坂を駆け降った。

風のように走り抜け、円十郎は俎橋を渡った。左に曲がり、先程渡ったこおろぎ橋を素通りし、水道橋のほうへと足を向ける。

花笠を目深に被ったまま、円十郎は神田祭に背を向けてどんどん遠ざかって行った。

五

水道橋を渡ったあと、円十郎は湯島の路地を行ったり来たりすることで追手がいないことを確認したあと、柳橋の〈あけぼの〉に戻った。道中で外した花笠は脱いだ祭り半纏に包んである。

台所で水を遣って顔の化粧を洗い流し終えたころ、女中が、日出助が呼んでいると声をかけてくれた。円十郎は借りた手拭いで顔を拭きながら女中に礼を言い、いつもの部屋に向かった。

「やあ、お帰り」

にこやかに迎えてくれた日出助は、円十郎が傍らに置いた花笠を見ると苦笑した。

「つつがなく、とは言えない運びだったかな？」

「少々、苦労しました」

円十郎はそう言って、今回の運びの一部始終を細かく日出助に報告した。

己が問題だと思っていなかった言動でも、日出助が聞けばそうではないかもしれない。報告していなかったばかりに〈あけぼの〉に迷惑がかかってしまっては、まさに後の祭りだ。

相槌を打つだけで、口を挟まずに最後まで話を聞いた日出助は、ふう、と一つ息を吐いた。

「荷物の由来を聞いてしまったのは、どうしようもなかったと思うよ。まあ、きれいに落とした化粧のように、聞いたことは頭からすっかり流してしまいなさい」

そう言って小さく笑い声を上げた日出助に、円十郎は頭を下げた。

「顔を見られないように花笠を被ったのは良かったね。関羽の後ろに笠を被った人物がいたら、周倉《しゅうそう》の真似をした人がいたずらをしたと勘違いしてくれるだろうから」

円十郎は知らない名前に首を傾げる。日出助は嬉しそうに言葉を続けた。

「『絵本通俗三国志』にも出てくる人物でね。関羽に忠実な武人で、つばがある帽子か兜《かぶと》を被った姿で描かれることがあるんだよ。ちょうどその花笠みたいな感じかな」

「たまたまですが、関羽に所縁《ゆかり》のある人物と似ていたのなら良かったです。登っていたのは短い間だったので、見た者も明日には忘れてくれていると良いのですが」

「うん、きっと酒をたくさん飲んで忘れるよ」

そういえば、と日出助がまた笑みを浮かべる。

「闘った相手は眉がところどころ白かったそうだね。白眉か。それもまた面白いね」

再び首を傾げると、日出助は含み笑いをしながら、

「三国志の本、持っているから読むと良いよ。そのうち分かるさ」

と言って、なにが面白いのかは教えてくれなかった。

「ところで」

円十郎はふと気になったことを尋ねてみた。

「山車は門より高かったのですが、どうやって門を潜るのでしょうか？」

門の内側を見下ろしたことを思い出す。日出助は知らないのか、と驚いたが、

「箱が二段あったでしょ。中に仕掛けがあって、像と上の箱を下げることができるんだよ。大きな箱に小さな箱を仕舞うようにね」

大層な仕掛けがあるとは知らず、円十郎は素直に感心した。

「とにかくお疲れさま。円さん、今日は家に帰って休みなさい」

たしかに少し疲れた。だがこのまま帰って早寝するのも勿体ないと感じた。神田祭の騒がしさが、一人になることを躊躇《ためら》わせたのかもしれない。

「日出助さん、肴が旨い店があると言っていましたが、今日は開いていますかね」

そう言うと、日出助はぽかんと口を開けた。あまり円十郎らしくない台詞だったからだろう。変なことを言ってしまったかと後悔し始めたころ、日出助は満面の笑みで頷いた。

「行こう、行こう」

勢いよく立ち上がった日出助が、そそくさと部屋を出ていく。円十郎は襖を閉めてから、いつになく嬉しそうな〈運び屋〉の元締めの背中をゆっくりと追いかけた。

……後日のこと。

外出先から〈あけぼの〉に戻ってきた日出助は、鎌倉の仏師に制作してもらった朱色漆塗りの文机の上に、買ってきたばかりの二枚の絵を並べた。どちらも先日の神田祭の山車行列を描いたものである。

日出助は、祭のあとに売り出される絵を買って眺めることが好きだった。賑やかな祭の様子が生き生きと描かれた絵は、見ているだけで心が浮き立つ。

一枚は有名な絵師が描いた錦絵である。一枚の紙にできるだけ多くの山車を収められるように構図を工夫した傑作で、関羽山車には長い髭を撫でる威風堂々とした関羽像が描かれていた。

さすがの出来だ、と日出助はにこにこと微笑みながら、隣のもう一枚の絵に目を向ける。

　こちらの絵師の名は聞いたことがあるような、ないような、まだ若い者が手掛けた墨一色の絵である。

　日出助の馴染みの店では、先の錦絵は目立つ位置に山のように積まれていたが、この絵は手が届きにくい場所に、申し訳程度の枚数で置かれていた。日出助は若者を応援する気持ちからその絵を手に取ったのだ。

　余計な線が少なく、素朴で、味がある。近ごろ目が疲れやすくなってきた日出助にとっては、色鮮やかな錦絵よりも目に優しく、良い意味で力を抜いて眺められるところが好ましい。

　一番山車から順に描かれた構図に目新しさはないが、それぞれの像は簡易的に描かれていた。愛嬌があって微笑ましい。

　一番、二番、三番と順番に山車を見ていた日出助の目が、関羽山車を過ぎ、次に進もうとして、止まった。日出助は驚きで少し震える両手で絵を持ち上げ、そこに描かれた関羽山車を凝視した。

　長い髭を撫でる関羽が一体。困っているような、情けない表情をしている。なぜだろうか。関羽の右肩から、ひょっこりと顔を覗かせている者がいた。つばのある帽子を被っているから、周倉だろうか。周倉は扇のように開いた右手を、おどけた顔で関羽の頭頂に置いている。

日出助は絵を文机の上に戻した。

「……うぅむ」

腕を組んで唸り、しばらく黙考した。

「……まあ、円さんに似ていないから、だいじょうぶかな」

と、苦笑いをしながらつぶやいた。

往来絵巻

高瀬乃一

高瀬乃一（たかせ・のいち）

一九七三年愛知県生まれ。二〇二〇年「をりをりよみ耽り」でオール讀物新人賞を受賞しデビュー。二〇二二年『貸本屋おせん』を上梓。本作も「貸本屋おせん」シリーズの一篇。

畳に置かれた一軸の絵巻に、身を乗りだした男たちの目線が交わった。

『文化六年巳年神田祭佐柄木町御雇祭《さえきちようおやといまつり》絵巻』

頰を上気させ、膝立ちして身を乗りだす者が、前の者の背にのしかかる。町名主の佐柄木与左衛門《よざえもん》は、一同を見渡して大きく息を吸いこんだ。

「不肖この佐柄木与左衛門めが開帳させていただきましょう」

おお、と歓声があがる。すると味噌問屋の隠居が店の女中を呼んだ。

「おい、冷酒《しゃざけ》、たんとかためて持ってまいれ。今日は長くなろうぞ」

二間をぶち抜いた座敷には、声をかけていた世話人だけでなく、絵巻の噂を聞きつけた佐柄木町の旦那衆がひしめきあい、廊下にも仕事そっちのけで職工や坊主が首を伸ばしている。

「早くみせろい！　絵巻じゃあ皆が見られねえじゃねえか。摺物にしろい！」

廊下のずっとうしろ、箱段あたりから罵声が飛んでくる。

「新年には佐柄木町祭礼絵図が三枚組で開板されるそうだ。それまで首長くして待っておくれ」

世話人の一人が部屋になだれ込もうとする町人を押さえながら言うと、「ろくろっ首になっちまわあ」と野次がとんだ。

神田明神祭りは、江戸城下の総鎮守として親しまれる神田明神の祭礼で、隔年九月十五日に行われる天下祭りだ。この祭りを盛り上げるのが、三十六の氏子山車番組町の出し物である。氏子町が出す山車に付随する仮装、造り物、歌舞音曲行列は「附祭《つけまつり》」と称され、城下のみならず、城内の御上覧場まで賑やかに練り歩く。

一方「御雇祭」は、御台所や大奥の所望を受けた練り物「品替《しながえ》」を出すことのできる特別な出し物である。その世話番町は、氏子町を除く町からたった一町だけ選ばれた。

昨年、この栄誉を下賜されたのが、与左衛門が名主を務める佐柄木町であった。富くじに大当たりするよりも稀有なことで、御公儀より知らせを受けたときは、三日三晩宴を開いて歓喜に沸いた。

我らの行列を絵として残そうと提案したのは、世話人筆頭を務めた与左衛門だ。本町の地《じ》本問屋《ほんどいや》「妙見堂《みょうけんどう》」に、昨年の夏のうちから目ぼしい絵師を見繕っておくようにと頼んでいた。

その祭礼絵巻がついに完成したのである。おおよそ一年かけた大作。金に糸目はつけないと贅を尽くした逸品だ。いやが上にも期待が高まる。

与左衛門が絵巻に巻きついた深紫の組紐を解くだけで、世話人たちが歓声をあげる。標紙《ひょうし》を静かに繰《く》りながら右手で絵巻を引き出していく。しゃらしゃらと質の良い料紙の音が心地よい。左手を残りの軸部分にそえ、折り目がつかないよう細心の注意をはらって肩幅ほど開く。墨の匂いがふわりと鼻をついた。

まず目に飛びこんできたのは、裃姿の警護役。続いて床几持ちや挟み箱を担いだ伴がつき、行列の始まりを予感させる。周りに立ち並ぶお店《たな》や見物客もところどころに配置され、一年前の熱狂が絵から立ち上ってくる。まるで鳥瞰図のように、行列が細部までしっかりと再現されていた。

「よく描けておるのお。この床几持ちは、裏町の小間物屋の倅じゃねえか」

「そんな細けえとこまで分かるかよ。だが、こっちの拍子木打ってるのは、うちの従兄にちげえねえ」

とくに大奥の指図によって決められた品替「子供狂言」は、大店の子弟らがここぞとばかりに着飾り練り歩き、御上覧場で御台所が絶賛するほどの行列となった。我が子の衣装代を賄うために、出店をひとつ売り払った親がいたが、とりたてて珍しい話ではない。

みな酒は一切やらず、絵巻に酔った。

「こうなると祭囃子が恋しいのお。今年は秋風の音さえうるさくてたまらん」

天下祭りと称される神田祭と山王祭は、氏子町への支度金が大きな負担となっており、百年以上前から両祭りを交互の年に行うことになっていた。今年は神田明神祭礼が執り行われない陰祭である。

与左衛門は痺れる手をゆっくりと動かしながら、囃子と長唄が聞こえてきそうな絵巻に見いり続けていた。

左手に巻きついていた料紙が薄くなってくると、行列もしまいだ。

行列のしんがりは、ここに集まる世話人十名である。一同感慨深く息をついた。祭りが目の前を通り過ぎたような達成感が、与左衛門の胸中に去来した。なにせ世話番町を取り仕切る役目を負いつつ、方々で起こる厄介ごとに目を光らせ、祭りを無事成功させることだけを考えた一年だったのだ。その集大成ともいえるのが、この祭礼絵巻なのである。

「まっこと、良い御雇祭であったのお。しばらくはこの絵を肴に良い酒が飲めそうだ」

与左衛門の感嘆の声に、みなが「まっこと、まっこと」と節をつけながら歌いだす。

一向に宴がお開きにならない。

「おや、ちょいとまっておくれ」

鋭い声をあげたのは、名前帳を繰っていた味噌問屋の隠居である。

「こりゃあおかしいな。帳面には、子供狂言に従う底抜け屋台の囃子方は『十人』と書かれているが、絵は『九人』だぞい」

与左衛門たちは絵巻に目を落とした。藁ぶき屋根風の底抜け屋台の中には、太鼓、篠笛、唄方ら合わせて十名が入って演奏しているはずである。ひい、ふう、みいと数えていくと、たしかに袴着の男が九人。

誰が誰やら顔かたちだけでは判別できないが、たしかに演者が足りなかった。場の気が一気に冷えこむ。世話人のひとりが「みな、表に出ておくれ」と、駆けつけた野次馬を追い出し襖を閉めた。

世話人たちの視線が与左衛門に注がれた。手拭を取り出し額の汗をぬぐう。祭礼絵巻を依頼した際、版元には品替や曳物《ひきもの》、警護から囃子方まで人数を間違えないようにと、御雇祭番附を渡しておいたはずだ。

絵巻で酔っていた世話人たちの顔が見る間に色を失っていく。

「こりゃあ、まずいなあ。味噌が付いちまったじゃねえか」

隠居がぽつりとつぶやいた。

たしかにこの絵巻は「間違って」いるのだ。

一

半刻近く待たされた挙句に、『椿説弓張月拾遺』はすべて出払ったと告げられた。せんは上がり框《かまち》に膝を乗せ、妙見堂の主をギョロ目でにらみつけた。

「先ほどは奥にあると申していたではありませんか！」

「さる大名家の御新造がどうしても読みたいとおっしゃるでなあ」

と、算盤から目を逸らさずしわの寄った口元をゆがめたのは、本町地本問屋・妙見堂平太夫《へいだゆう》である。

「そんな恨みがましい目で見られてもねえ。梅鉢屋《うめばちや》は南場屋喜一郎《なんばやきいちろう》の世利子《せりこ》であろう。欲しい本があるなら、南喜に話をつけてもらえばよかろう」

「梅鉢屋はあたいの店で、南場屋の出店じゃございません」

平太夫は、御家人の厄介者から町人の家付き娘に婿入りした元武家で、口を開けば堅苦しく融通がきかない。しかも女貸本屋が客となると、はなから相手をする気がなさそうである。

「そちらさんの小僧が、うちに一冊取り置くと約束してくれたのに」

「うちは口約束をきつく戒めておる。まったく、女というものはなんでも都合よく聞きかじり捻じ曲げてしまうから困ったものだ。しかも口を開けばああだこうだと。おなごたるもの、人前で口をひらくな、歯を見せるな、と教わらなかったのかい」

ちらと店先で本を並べている小僧に目をやると、ばつが悪そうに首を縮めている。

滝沢馬琴の『椿説弓張月拾遺』は、一昨年の『続篇』が出てから、看客《かんかく》が首を長くして待ちわびた今年一番の目玉商品だ。残念ながら、梅鉢屋は版元の河内屋茂兵衛に伝手《つて》がなく、市中の本屋をめぐって少ない初版を奪い合わねばならない。馴染みの地本問屋「南場屋」が何冊か仕入れるというので、それをあてにしていた。

しかしこの夏南場屋は、北町奉行所の失態をあげつらった狂歌騒ぎに巻きこまれ、馬琴どころではなくなってしまったのだ。

先日、妙見堂を覗いたとき、店番の小僧が店のすみっこで『拾遺』を読んでいた。酒や煙草に興味を持つ年ごろだろうに、馬琴の難解な筋立てに夢中になるなぞ親近感がわいた。

「読み終えてからでいいから、譲ってくれるかい」

駄賃をちらつかせて頼むと小僧は快くうなずいたが、口約束と言えばそれまでだ。この一件で、小僧は平太夫から説教を受けるのだろうと思うと申し訳ない気になる。

「ほれ、ほかのお客さんの邪魔だよ」

ちょうど「御免」とせんを押しのけるように、恰幅のよい町人が土間に入ってきた。

平太夫が眼鏡をずらし、算盤を脇に寄せた。

「これは佐柄木様。ちょうどそちらに伺おうと思っておりました。ご内儀御所望の『和俗童子訓巻之五』が入ったところでございましてなあ」

客は内神田の佐柄木町を支配する草分名主佐柄木与左衛門。佐柄木町の側には青物市場《やっちゃば》があるため、野菜の振り売りを業《なりわい》とする登《のぼる》の口からよく聞く名だった。佐柄木家は、家康公が駿府にあったころから研職《とぎ》にあり、研屋触頭を命じられた名跡である。佐柄木後に江戸へ移り、自らの姓と同じ佐柄木町の名主役を命じられた。現当主である与左衛門は、神田にある数町を世話している。

与左衛門は手を振り「今日はその儀ではない」と言い、おもむろに抱えていた桐箱を上がり口に置いた。

「こしらえてもらったこの祭礼絵巻だが」

与左衛門は腰を折り、箱から取り出した巻物を広げていく。

「これを描いた絵師に目通りねがいたい」

「なにやら手前に不手際でも？」

平太夫は眼鏡をかけなおして絵巻を手に取った。するっと料紙の擦れる音に吸い寄せられたせんも首を伸ばす。

丹念な描写と彩色の妙は、一枚絵に匹敵する図画に仕上がっていた。一見雑にみられる描線は、おそらく絵師があえてそうしたものだろう。地走りたちが手踊りをする躍動が、一本の線から伝わってくるのだ。ありきたりな祭礼絵巻ではあるが、なぜか目が離せない。ひとりの練子をみれば、その人物の目線の先にいざなわれ、その先で手踊りする踊り子を見れば、踊りを見つめる見物客の興奮が伝わってくる。

「なんと見事な祭礼絵巻！　これはどちらの画工の手によるものでしょうか」

ぶしつけに声が漏れるほど美しく、絵から音が漏れ聞こえそうな肉筆画だった。

平太夫がさっと絵巻を手元に引き寄せ、「まだいたのかい」と忌々し気にせんをにらみあげる。

「さる絵師を介して縁をつないでもらったお方で、まだ名は知られておらぬが良い絵を描く」

これほどの仕上がりであれば、たしかに絵師に会って礼のひとつでも述べたくなるだろう。

せんもぜひ会ってみたいと告げると、平太夫はすげなく首を振った。絵師は武家であるという。小禄ゆえ副業で糊口をしのいでいるならば、たやすく身を明かすことはないだろう。

「佐柄木様の謝儀は、当方からしかとお伝えを……」

「そんなことを言いにきたのではない。高い画料と口銭（手数料）を支払ったというに、この出来はなんなのだ！」

与左衛門は唐突に怒気を露わにした。

これには平太夫も虚を突かれたようである。

「たしかに図画はすばらしい。しかし当方は正しい往来を描いてもらいたいのだ。祭りのあと、番附表に記された出し物、人の数を違わず描きつくすよう念を押したはずだが」

「申しつけられたとおり、こちらは絵師に番附を渡しておりますぞ。描き漏れのないよう、しっかかと行列をその目で確かめて下絵を拵えたと申しておりました」

「主《あるじ》はそれを確かめたのか？　絵師に伴い行列を描きとめる姿を見ていたのか？　そうではなかろう？」

平太夫は、この上出来の絵巻を前にして、どこが不承なのかといった表情だ。

「ではいかがせよと申されるか」

「直に絵師に会い、正しく描き直してもらう。間違った絵を町の誉れとして残すことは勘弁ならぬ」

「どこが間違っていると申されるのか！」

「……それは私から直に申し上げる」

「これはうちの絵師が一年を費やした一点もの。おいそれと描き直すなどありえぬ」

「承服できぬとあれば、絵巻の代金を払うことはできん」

与左衛門はそう吐き捨て、土間を蹴りつける勢いで立ち去っていったのである。

二

「厄介なことになってしもうた」

煙草盆を寄せた平太夫は、鼻筋にしわを寄せながら煙管に草をつめていく。せんは絵巻を上がり口に広げて、番附表とつき合わせていた。与左衛門が「番附どおりではない」と立腹していたからには、ここに気に障る要因があったはずなのだ。

祭礼番附というのは、祭りの数日前から町中で売られ、式次第や巡行、附祭の作物などを、町名や参加人数を含めて列記した摺物である。見物客はこれを見て、どこの町の附祭を観に行こうとか、こちらの娘踊りは見ごたえがありそうだ、などと何日も前から祭りへの期待を昂《たかぶ》らせていく。

もちろん本番では参列者の病や不都合が生じ、番附に記された内容と異なることもあるが、佐柄木町に関しては一切の不備なく巡行が執り行われたとのことだった。

絵から立ちこめる砂ぼこりの町並みに、陽気に手踊りする踊り子の汗が見えそうで、ここまで聞こえてきそうなお囃子と見物客の歓声に心奪われる。

「さすがは天下の御屋祭。見ているだけでめまいがしそう」

「贅をつくしただけあって良い出来であろう？　これを元に、三枚の組み物にして売り出そうと話を進めていたのだ」

筆耕、彫師、摺師もすでに手配済み。あとは絵師の版下絵の仕上がりを待つばかりだった。

これは与左衛門も承知ずくのことで、手代が佐柄木の屋敷へ絵巻を届けに行ったときには、ぜひ佐柄木町の名を題目に彫ってくれと上機嫌だったという。

一枚絵は肉筆であるから、絵師自身の画力が全てである。

だが錦絵となると、絵師ひとりの作業で仕上がるものではない。版元と絵師による構図の配置、配色の数、筆耕による文字の清書、彫師の技から摺師の馬連はこびまで、板木を幾枚も重ね色を乗せるがごとく妙技が合わさり完成するものなのだ。

そこまで膳立てておきながら、当事者である佐柄木町が不出来とごねるのは幸先が悪すぎる。絵巻の評判を見こんで錦絵を売り出そうとした平太夫のあてが外れてしまったようだ。

「すでに売り出しの掛かりを、日本橋や神田のお店から頂戴しておる。いまさら待ったなど言語道断」

「組絵を引き札にしようって魂胆なんですね」

「いやな言い方をしないでおくれ。みなの善意である」

売り出される三枚組絵の中に、掛かりを捻出してくれたお店の看板を彫って、さりげなく引き札とする算段なのだろう。平太夫は金もうけを厭う武家の出でありながら、商いに秀でた才を見せる男である。

番附を見てみると、行列に組まれた御雇祭行列の人数はおびただしい数だった。警護の町人を差し引いたとしても、曳手や踊り子らの仔細全てを検めるなど気の遠くなる話だ。

せんは薄暗い板間から降り、小僧に平台の本を除けさせた。表通りに照る日差しの下に絵巻を広げると、色彩の美しさが浮きあがる。

平太夫も土間に下り、たすき掛けまでして番附を読みあげはじめた。

御用祭と称されるように、神田祭は他とは一線を画した天下の祭礼でもある。二基の神輿渡御もさることながら、氏子町三十六組が出す山車行列は見物客の人気が高い。加えて御雇祭が組めるのは、一生に一度、あるかないかの大役に、町は総出で曳物や練り物に掛かりを投じる。前回の御雇祭よりも豪華に華々しく。その傾向は、年を追うごとに熾烈を極めていた。

支度金も天井知らず。こうなると決まって幕府の奢侈禁止のお触れが出される。かつては三十六組出していた附祭が、今は三組までと定められている。それでもここ数年は寛政改革前のにぎやかさを取り戻そうとしていた。締めつけが厳しければ、その手綱が緩んだあとの祭礼は膨張し派手になっていくものなのだ。

御雇祭は御台所や大奥の好みに応じて「品替」が決まる。佐柄木町の年は「子供狂言」という演目で、絵巻には華やかな装束を身にまとった子らが沿道の歓声をうけ堂々と歩く姿が見てとれる。中にはぐずって寝転がる幼子もいて、この絵の生き生きとした描写に、せんは本来の目的を忘れて見入ってしまうのだった。

こんな調子だから、目星がついたのは店の行灯に灯りが灯る頃だった。

「名主殿が難癖をつけているのは、きっとこの場面ですね」

番附の「子供狂言　囃子方十人はかま　わらぶきの形かづき日覆」と摺られた文字の上に、平太夫の手で朱色の○が書き入れられていた。

お囃子や三味線、長唄などの演者は、五人組や、底抜け屋台に配置されている。唯一、品替についている底抜け屋台の囃子方が、絵では九名になっていた。平太夫いわく、絵組として売り出すさいは、この「子供狂言」が一番の見せ場になるとのことだった。

「どうして囃子方が一人足りないくらいで、目くじら立てるのだ」

「たしかに、妙な話でございますね」

美人絵だって富士山だって、元の姿と絵では大きな乖離が生じるのは当たり前だ。日本橋を手前に据えて望む名峰富士が、おかしなほど間近に配置されているからといって、これは実際に目にする大きさとは違うなどと文句を言う者はいない。

絵を手にしたとき、最も気に留めるのは、誰が手掛けた絵であるか、だ。優れた画力はおのずと人の心に馴染んでいく。絵の題材の正確さは二の次だ。

ただ、これは祭礼絵巻。町がのちの世に栄誉を伝えんとする記録である。正しさが何よりも重要だという名主の言い分も納得できた。

「となると、どちらが正しいのでしょう」

「うちの絵師を疑うのかい。寝る間も惜しみ、いく度も描き直して、終いには精根尽きたと寝こんだのだ」

だが与左衛門は絵巻が間違っていると訴える。かたや絵師は行列を直に目で確かめて下絵を描いたという。己の弁が正しいと双方が訴えるのなら、妙見堂と佐柄木町、どちらかが嘘をついていることになるのだ。

「この十人の囃子方が、みな行列に繰り出していたかどうか確かめられればはっきりしますね」

「そんな手間のかかることに人を割く余裕などあるもんかい」

秋は新春の売り出しにむけて忙しい時期である。

「それはあたいが引き受けましょう。そのかわり……」

「すべて丸く収まったら、画工に引き合わせてやる。お前の望みはそれだろ」

貸本用に手書きする写本に挿絵を頼もうという思惑なぞ、すっかり見抜かれていたようだ。

とはいえ、どこの誰が笛を吹いていたかをどう調べるか。お囃子を担った演者を訪ね歩くなど途方もない労力になる。番附表には曳物や練子の数は記されているが、名前まではわからなかった。

「それは支障ない。『芸人練子名前帳』を見れば一目瞭然だ」

町年寄や奉行所に届けられる祭礼に関わる名前帳には、町名、氏名、年齢がこと細かく記載されている。

「うちの客に町年寄の奈良屋《ならや》に出入りしている呉服屋がある。写しを手に入れてもらおう」

とうに終わった祭礼の名前帳である。さほど難しいことではないだろうから、写しが手に入ったら小僧をよこすと平太夫は言った。面倒ごとは全てせんに押し付けるつもりのようだ。

（誰が殺めただの、火付けをしただのと、これまで関わってきた物騒な話に比べりゃあのどかなものだよ）

提灯を借りて表に出ると、すでに辺りは軒行灯が灯り、家路につく職人たちが足早に過ぎていた。下町に静かな秋風が吹いている。伸びをして息を大きく吸うと、近くの煮物屋から豆を煮た青っぽい匂いが漂ってきた。耳には葉擦れの音だけが届き、たまに子の泣き声が裏路地から聞こえてくるばかりだ。祭囃子のない年は、江戸の町から音が消えてしまったように静かで寂しさが増す。

「これを持っていきな」

表に出てすぐ平太夫に呼び止められ、与左衛門の内儀に頼まれた『和俗童子訓』を渡された。

「これを口実に佐柄木殿のもとへ探りを入れることもできよう」

「ありがたいけど、なぜ二冊も？」

「一冊余分に手に入れた。お前さんにくれてやるよ」

「あれ、馬琴の穴埋めでございますか」

「ぜひお前さんに目を通してもらいたい。本にかまけるのも結構だが、おなごの幸せはやはり奥にあり、亭主に尽くすことである。それでせいぜい女っぷりをあげなされ」

大口を開けて笑うのも品がないと言い捨て、平太夫は肩を叩きながら店に戻っていった。

千太《せんた》郎《ろう》長屋に帰る道すがら、ちらと本をめくる。

――女子は常に内《うち》に居《い》て、外に出《い》でざれば、師《し》友《ゆう》にしたがひて、道を学び、世上の礼《れい》義《ぎ》を見習ふべきやうなし……

余計なお世話だと、せんは本を閉じた。

三

妙見堂の小僧が千太郎長屋にやってきたのは、陰祭の提灯が神田の氏子町の通り沿いに掲げられたころである。

「旦那様から、篠笛の演者をあたるようにとの言付けでございます」

名前帳の写しには、底抜け屋台の演者十名分の、町名とお店の在処、鳴り物が記されていた。数が合わないのは篠笛の演者三名で、絵巻では二人しか笛を構えていないという。

三人のうちもっとも遠いお店は深川三好町の材木問屋「那珂屋《なかや》」の手代。おそらく実家が佐柄木町にあるのだろう。残りは佐柄木町の鋳掛屋《いかけや》と、茶飯屋の主人である。

せんは貸本を届ける足で、三好町から回ることにした。深川あたりは梅鉢屋の縄張《しま》りではない。土地勘はないが、お店の名はよく心得ていた。昔、板木の彫師だった父の平治《へいじ》が、板を手に入れるため幾度か深川の「那珂屋」に出かけていく姿を見ていたからだ。細かな錦絵を扱うときは、伊豆産の桜でなくてはならない、というのが平治のこだわりだったようで、伊豆の木を多く扱う材木商に足しげく通っていた。

平治が大川に身を投げて死んだあと、那珂屋から目が飛び出るほどの見舞い金が届けられた。腕の良い彫師だった父の死を悼み、せんの家に残っていた未使用の板木も良い値で買い取ってくれたと、のちに千太郎長屋の差配から聞かされた。その後那珂屋の当主が代替わりして縁は切れたが、少しの間だけでも食うに困らず済んだ恩は、いまも忘れてはいない。

木場の掘割で角乗する川並鳶《かわなみとび》たちを横目に、那珂屋を訪ねた。職人や普請に関わる商人が出入りしてなかなかの盛況ぶりである。

ちょうど店先に出てきた奉公人を捕まえ、神田祭で篠笛を吹いた演者を探していると告げると、すぐに店へ戻って番頭に耳打ちするのが見えた。

やがて細面の若い手代が姿をみせた。忙しいので手短に、と前置きをされ、「貸本屋がなんの御用で？」とむっつりと言った。

「さる大店のご内儀から頼まれまして。娘さんに篠笛を習わせたいそうで、どこかに良い師匠はおらぬかと聞いて回っております。昨年の御雇祭の囃子方が大層評判だったとお聞きし、演者のかたを訪ね歩いているのです」

貸本屋は方々に顔を出し、客と深く語りあう業で、ときに縁組やら人探しやらの厄介ごとを頼まれる。手代は気に留めた風もなく、安宅《あたけ》に良い師匠がおられると教えてくれた。

「ところで、昨年の底抜け屋台で何か気になることはございませんでしたか？」

「……はて、とくにはなにも。滞りなくよい演奏ができ、名主殿から褒美をいただきましたぞ」

手代は店が忙しいからと、逃げるように店に引っこんでしまった。

二人目は佐柄木町の鋳掛屋の職人で、那珂屋の手代同様声をかけると、そそくさと廻り商いに出かけてしまった。仕方なく奥から顔を出した女房に同じようにたずねてみると、昨年はたしかに亭主は晴れ晴れしく笛を吹いていたと太鼓判を押したのである。

「笛はあとふたりいたはずなんだけど、覚えちゃあいないかい？」

「そんなのわかるわけないだろう。どれだけの人数が歩いていたと思ってんだい」

念のため鋳掛屋の他の職人にもたずねてみたが、親方は名主から褒美をもらって帰ってきたというから間違いはないだろう。

三人目。茶飯屋の清兵衛《せいべえ》の住まいはすぐに見つかった。ところが長屋の差配に清兵衛の部屋をたずねると、すでに死んだと告げられた。

「うちの屋根から落っこっちまって。そこの社んとこに頭ぶつけてお陀仏よ」

井戸の脇にひっそりと小さな祠《ほこら》があり、裏店の住人が添えた団子が黒くかびていた。あまり手入れがされていないのか、割れた石や瓦が祠の裏に積まれたままになっている。

清兵衛が死んだのは、ちょうど一年前。くしくも神田祭の御雇祭行列が散開したあとだという。

「あいつは根っからの祭り狂いだったからなあ、頭に血が上っていたのかもしれねえ。おすみさんが見つけた時にゃあ、もう頭割れてたってさ」

「おすみさんってのは女房かい」

「ああ、もうよそへ宿移りしたがね」

あとの面倒を見てやるっていったのにと、差配は舌打ちした。いまは隣の多町二丁目の小路に茶飯屋を構えているという。

「お店の家主は佐柄木の名主殿だ。あれもおすみさんの世話をしたがった口だ。うまくやりやがったよ」

すぐに教えられた茶飯屋へ出向くと、新道の突き当りに、「茶めし」と筆の入った提灯がぶら下がっていた。

庇の下で打ち水をしている女が、向かいの煙管屋の主人と立ち話をしている。日差しの眩しさに目を細めている前掛け姿の女が、清兵衛の女房だろうとあたりをつけた。年のころはせんと同じく二十半ばか少し上。差配いわく、首元から項にかけて生々しいほどの色気がある色白だという。まさに目の前に佇む女がそれであった。

せんが「おすみさん？」と声をかけると、本人ではなく煙管屋の主人が胡乱《うろん》げな目を向けてくる。すみは煙管屋に「まあ怖いお顔」と咎めてみせたが、口元に袖をあて微笑を浮かべている。

「貸本屋さんをお呼びしたおぼえはありませんが……」

背に積んだ高荷を見て、うちの客が呼んだのかと首を傾げている。せんが清兵衛のことで聞きたいことがあると告げると、さらに困惑の色を浮かべた。

間口二間の店内は小さな飯台と床几があるだけの質素なつくりで、客が五人も入れば身動きのとれなくなるほど狭いものだった。飯台の向こうに立つおすみの吐く息が間近で感じられるなら、男は吸い寄せられるように暖簾をくぐってくるのだろう。向かいの煙管屋も常連にちがいない。せんが店に入るときだって、手前の戸口からじっとこちらの様子をうかがっていた。

すみは板場に入り、せんに麦湯を差し出した。今日は風もなく背に汗がにじんでいる。麦湯に口をつけると乾いた喉につるりと流れていった。

水棚には笊《ざる》に載せられた根菜類や卵、豆腐が収まっている。茶飯屋でよく見かける醤油飯やあんかけ豆腐だけではなく、煮物や汁物、香の物も拵えているらしい。酒問屋の屋号が入った通い徳利がいくつも並んでいる。居酒屋として繁盛しているのだろう。

以前は亭主の清兵衛が、木戸の閉まる頃合いから町へ繰りだし、茶飯を売り歩いていたらしい。ここは清兵衛が亡くなったあと、すみが暮らしを立てるため開いた店だった。

「うちの人の何をお聞きになりたいので?」

せんは前の二人と同様に事情を説き、じっとすみの顔色をうかがった。すみは料理の下ごしらえをしながら聞いているので、表情の変化まではわからなかった。

「前の住まいへ行ってみたんですが……まさか清兵衛さんが亡くなられているとは」

清兵衛の笛の師匠を知りたいとたずねてみると、すみは承知していないと首を振った。

「差配さんが、とても腕のよい演者だったと言っていたよ」

あまり空々しいことをいうと怪しまれると思ったが、すみは素直にうなずき目元に指を当てた。

「祭りとなると好きな賭け事も釣りも目に入らなくなるほどの熱の入れようで、祭囃子を吹くために笛のお師匠さんについて腕を磨いておりました」

すみは亭主が死んだときを思い出したのか、青ざめた顔になる。

「あの日、私が寝付いていたのがいけなかったのです」

もともとすみは躰が丈夫ではなく、神田祭の前日からふらつきが収まらず床に伏していた。清兵衛はすみを気遣い、祭りへ出かけるのを躊躇していたらしい。町は暗いうちから賑わいをみせており、裏店の住人らもすっかり酒が入って、眺めのいい桟敷席を陣取るため出かけて誰も残っていない。ひとりきりになるすみが心配だと渋る亭主を、すみは無理に送り出したという。

「夫婦として暮らしたのはたった四年でしたが、暮らしのほとんどが祭りのためにあるような人だってわかっていました」

　稼ぎも全部祭りにつぎ込んでしまう。ずいぶんと苦労させられたが、江戸の男ならば祭りに興じるのは息をすることと同等なのだと、すみは薄く笑った。

「よく辛抱できたねえ。あたいなら首根っこ摑んで、帯の一枚でも買いやがれって癇癪《かんしやく》おこしちゃうよ」

　せんが眉間にしわをよせると、すみはすこしだけ口元を緩ませた。

　祭り狂いの亭主を持つ女は生涯苦労すると言われているが、すみはそんな亭主でも根はやさしくて頼りがいのある男だったと語った。

「あの日は巡行が終わったあと、駆けつけ一杯ひっかけただけで、すぐにうちに戻ってきてくれて……」

　すでに恢復していたすみに安堵したのか、こんどは清兵衛が祭りと酒にのぼせてしまった。そして酔いを醒ますため、夕焼けの富士山を眺めると出ていったのだ。

　ふだんから清兵衛は見晴らしの良い屋根に寝転がり、景色を楽しんでいたという。

　半刻ほどして、すみは清兵衛の様子を見に部屋を出た。表通りにつながる木戸の脇が差配の家である。その裏手にある壁際にそって梯子が斜めに倒れ、井戸の屋根に引っかかっていた。嫌な予感がした。厠《かわや》の近くに小さな祠があり、供物台の前に黒い塊が見えた。頭から血を流した清兵衛が倒れていたのである。

割れた瓦も落ちていた。屋根を見上げると鼻隠しが大きくひしゃげている。屋根から足を踏み外したのだ。

いつ落ちたのだろう。もしかしたら、部屋を出てすぐに落ちたのだろうか。

気が動転して、清兵衛の躰を起き上がらせようとしたが、部屋の戸口をかがんでくぐるほど体の大きな男である。びくとも動かず、すみは声をふりしぼり長屋の住人を呼んだ。ちょうど酔っぱらって戻ってきた長屋の住人が、清兵衛を見て真っ青になり、表通りに駆けていった。

しばらくして、知らせを受けた名主の佐柄木与左衛門と町医者が駆けつけたが、清兵衛が息を吹き返すことはなかった。

「残念なことだねえ。一度でいいから、清兵衛さんの『神田丸』を聴きたかったよ」

せんの言葉に、すみは袂で顔を覆ったまま何度もうなずいた。

「お祭りは私とあの人を引き合わせてくれたもんでした」

すみが清兵衛と出会ったのは、五年前の神田祭だったという。祭り見物の帰り道、酔っぱらいに絡まれて路地へ引きずりこまれたことがある。すみは近くにいた町役人に助けを求めたが、酒が回っているようで目を背けられてしまった。

愕然とするすみを、手籠めにされる寸前に助けてくれたのが、清兵衛だった。

すみが祭り狂いの亭主に目くじらをたてなかったのは、氏神様の引き合わせで一緒になったという思いがあるからなのだ。

「あの人が祭りの日に死んじまったのは、何かの因業だったのでしょう」

一年たっても、亭主の死の悲しみは癒えないものらしく、すみの面差しから陰りが消えることはなかった。

店を出て妙見堂へ行こうと新道を歩いていくと、「ちょいと」と張りのある声がせんを呼び止めた。煙管屋の主人が、背後を気にしながら近づいてくる。

「あんた、おすみさんの死んだ旦那の情婦《いろ》かい」

聞き返す暇も許さず、煙管屋は目を吊りあげて詰め寄ってくる。

「これ以上、おすみさんを苦しめるようなことはやめとくれ。あの人は十分苦しんだお人だ」

「あたいはただの貸本屋だよ。手前の都合でおすみさんに会いたかっただけで、清兵衛さんとは面識も縁もありません」

本当かと念を押すも、主人はばつの悪そうな表情を浮かべた。口元がもごもごと動き、のどが幾度も上下するのをせんは見た。

「……おすみさん、たいそうご苦労されたようですねえ」

かまをかけると、「そうなんだよ」と煙管屋はうまく乗ってきた。

「ひでえ旦那だったからねえ。まわりはみんな心配していた」

男の表情を探りながら、せんはさらに誘い水を向けるように深くうなずいた。

「とくにあの祭り狂いが厄介だった。清兵衛って男は、祭りが近くなると気性が荒くなってなあ。てめえの女房を殴る蹴るは当たり前よ。清兵衛が死んだって聞いたときゃあ、おすみさんを案じていた連中は安堵したもんさ」

清兵衛はふだん、茶飯売で日銭を稼ぐ有り体の町人だったが、祭囃子の稽古が始まると血が騒ぐのか、平時よりも酒癖が悪くなり、すみをひどく詰《なじ》っていた。

周りの住人には、大したことはないと気丈にふるまっていたすみだが、腕や首筋にはいつも青あざがあり、清兵衛の女遊びの金まで、すみの内職でまかなわれていた。

「差配が亭主にくぎを刺したが一向に悔い改めねえ。とうとう名主の佐柄木様が間に立って、おすみさんに離縁を勧めていたって話だ」

嘆息する煙管屋を見ていると、随分すみに入れこんでいる様子だ。この男にだって女房がいるだろうに。

あの後家には男心をひきつける危うさがあり、きっと本人もそれを心得ている。それくらいのしたたかさがなければ、女手ひとつで商いをすることは難しかろう。

それはせん自身、身にしみて感じていることだった。

四

秋風がせんの頬をさらりと撫ぜていく。夏は日陰を求めて足が早まり、冬は身を斬りつける風から逃げるように歩くせんだが、この時期は用もないのに川沿いの土手や洲崎堤に足をのばしたくなる。

が、妙見堂平太夫は、秋晴れとは無縁の仏頂面を浮かべていた。

篠笛の三名が、たしかに祭りに参加していたことを平太夫に伝えると、「たかがひとり有る無しで、なぜうちが頭を下げねばならんのだ」と怒りがわき上がったようである。

「あれだけの人数です。描き漏らしがあってもおかしくはありませんって」

しばし腕を組んだまま熟考した平太夫だが、妙見堂が折れて絵を描きたすことで落着するだろう。すでに開板の手はずを整えているならば、佐柄木町の怒りを解いて円満に売り出すしか手はないのだから。

(三枚組絵が売り出されるまで絵師の正体はおあずけか)

せんは断りを入れて、祭礼絵巻の収まる木箱のふたを開けた。なんど見ても胸の奥が熱くなりざわざわと血が騒ぐ。これはただの記録ではない。壮大な肉筆画だ。

行列に参加した地走り、囃子方だけでなく、通りで待ちわびる見物客らの視線の先までもが細かく描かれている。その臨場感はこれまで目にした祭礼絵巻の比ではない。たとえば絵巻の中盤に描かれている町人の喧嘩の場面など、罵声や見物客の野次まで聞こえてくるようだ。

三人の相撲取りが尻端折りした男たちを投げ飛ばす光景は、まるで読物の挿絵のように、筋書きが見えてくるではないか。やられている男どもの泣きっ面も愉快で……。

「ん？　ちょっと待てよ」

せんは土間に膝をつき、絵巻の上に覆いかぶさるようにその絵を凝視した。平太夫の算盤の音がぴたりと止んだ。

「お前さんまでいちゃもんつけるのかね」

「ちがうよ、ここを見てくださいな」

せんは絵巻を慎重に手に取って、帳場の横に開いてみせた。絵巻のしんがりに近い場面である。

「この見物人たちの喧嘩だけど、絵師が思いつきで描いたものじゃない」

「どういうことだね」

「たしかに相撲取りの喧嘩はあったんだ」

昨年の祭りの翌日、せんは南場屋でもらった振る舞い酒の分け前を土産に、諏訪町《すわちょう》に住む幼馴染の登を訪ねていた。登は井戸で傷だらけの躰を拭っていて、目の上のたんこぶはお岩さんのように膨れ上がっていた。

野菜売りの仲間とともに、御雇祭の行列見物に出かけた先で、力士たちと喧嘩になったという。口では相手に一矢報いたと強がっていたが、この絵を見るかぎり暴れまわる力士に軍配が上がったようである。絵には登らしい男の姿もあった。

「これがおぬしの知り合いとなれば、うちの絵師がありのままを描いた証になる！」

せんが諏訪町の裏店を訪ねると、野菜の振り売りから戻ったばかりの登が、井戸で手足を濯いでいた。去年の神田祭のことで聞きたいことがあると言って妙見堂まで連れだし、平太夫の前で祭礼絵巻を見せる。

佐柄木町と妙見堂の悶着を手短に説くと、登は「ろくな絵描きじゃねえなあ、つまんねえもん描きやがって」と、仏頂面のまま絵をにらみつけた。

「あんたたちで間違いないんだね」

「この天水桶にひっくり返っているのは俺にちげえねえ」

登ら野菜売り数人と、神田の力士たちは、以前から諍《いさか》いが絶えない間柄だった。振り売り中に肩がぶつかっただの、居酒屋の席を占領しただのと小競りあいが続いていたらしい。

昨年の御雇祭の巡行路で、とうとう両者が衝突した。菜っ葉のような登たちが、源為朝のごとき怪力の力士に勝てるわけがない。当然喧嘩は相手の独壇場となってしまった。

するとそれを見ていた見物客たちが興奮し、押し合いへし合い、小突くな足を踏むなと騒動が広がっていった。行列の反対側から眺めていた見物客や行列の練子らも喧嘩に加わり、警護に当たっていた町役人の鳴子笛が甲高くひびき渡ったのである。

「こっからは敵も味方もねえありさまよ。騒ぎのせいで行列のガキどもは道ばたで泣くわ疲れて寝ちまうわ。この絵を描いたやつはぼんくらじゃねえ。針の穴まで見通すほど目のいいやつだ」

喧嘩の場所も登は覚えていた。常盤橋御門を出て、筋違《すじかい》御門へ向かう途中、鍛冶町一丁目の四辻である。祭り行列は常盤橋御門を出たあと、神輿のみが巡行路を進み、御雇祭と附祭は氏子町に戻って散開するのが決まりになっていた。

「思い返しても腹が立つ」

「勝ち目のない喧嘩をふっかけるほうが悪いんだよ。青菜が束になっても大根には勝てやしないだろうに」

「大根力士どもが仕掛けてきたんでい。神田のお祭りのさなかなら、お役人どもも面倒がって高みの見物だからな」

小賢しい連中だと、登は舌打ちした。佐柄木町の行列が再び動きだしたのは、千代田の城に夕日が沈みはじめたころだったという。

五

「おや佐柄木様。今日の茶飯屋のおすすめは、茄子漬とあんかけ豆腐ですよ」

すみの茶飯屋の向かいの路地に張りこんで二日目の夕暮れに、はやばやと佐柄木与左衛門が姿を見せた。妙見堂での張りつめた表情が嘘のように、上機嫌な面をぶら下げている。

せんが戸前に立ちふさがると、与左衛門はぎょっとして立ち止まり踵《きびす》を返したが、具合よく軒行灯の火入れに出てきたすみと鉢合わせた。

すみは店の床几に腰をかけると、口を引き結んだまません と与左衛門を交互に見やった。与左衛門は目を伏したまま、所在なげに飯台に手を添わせている。

せんは高荷を下ろし、祭礼絵巻を取り出した。

「まずは佐柄木様のご懸念を晴らさねばなりません。この絵は、絵師が巡行路に立ち、その目で確かめ、人数も相違なく描きあげたものでございました。よって絵を描き足すことは無用です。そのことは佐柄木様もご承知の上でしょう」

「……………」

ぼんやりとした面もちのまま、与左衛門は絵巻からついと目を逸らした。

「底抜け屋台の囃子方十名のうち、描き漏らされていた一名は清兵衛さんですね」

「おかしなことを。あの人はちゃんと……」

「お祭りに参加したあと、頭を冷やすため屋根に登ったとか」

すみはちらと与左衛門に目をやった。

「そう聞いておるが」

答えたのは与左衛門だ。

「それはおかしい。あの日行列が散開したのは日が暮れたあと。そんな刻限に屋根に出ても、暗くて富士を見ることはできやしませんよ」

登たちと力士の喧嘩騒動は、行列の歩みをしばらく止めた。そこから行列を再開させ、無事に終着点までたどりつき散開するまで、時がかかったことを登は憶えていた。

なぜすみが嘘をついたのか。どうして町名主である与左衛門が、しきりに囃子方の数にこだわるのか。

「清兵衛さんは、祭りの前にすでに死んでいたのでしょう。御雇祭の囃子方から死人を出したとあっては、縁起が良くないと思った佐柄木様は、祭りが終わるまで隠し通そうとしたんですね」

ふたりは無言のまま、目線を交わす。白状したも同然だった。

すみは具合が悪いふりをして、清兵衛の亡骸が見つからないよう長屋に居残り見張っていた。野菜売りと力士の喧嘩のせいで巡行が中断したなど知る由もない。

「酔いを醒ますため屋根に登って落ちた、というのがおふたりの考えた筋書きだったんでしょうが、女房想いの美談にしようとするから、筋が通らなくなってしまったんですよ」

与左衛門はしらを切り通すつもりらしいが、すでにすみは目に涙を浮かべている。

「貸本屋さんのいう通りです。私はなんて罰当たりなことをしてしまったのか」

するとと与左衛門も観念したのか、どっかりと腰をおろし、すみを気遣うように鼻紙を渡した。

清兵衛は祭りの前日から気が高ぶり、酒を飲んですみに暴力をふるっていたという。集まりの頃あいになり、ようやく部屋を出ていき安堵したのもつかの間、厠のほうから大音声が響いた。

表へ出てみると、清兵衛が祠の供物台の脇で血を流して倒れている。夕刻のにわか雨が路地を泥まみれにしていた。ふらついた足で厠へ向かい、勢い足を滑らせ、転倒し供物台に頭を打ちつけたのだ。

名を呼んでも返事がない。蠟燭の灯りの下でも顔が青くなっていくのがわかる。長屋の住人を呼ぼうにも、祭り支度に出ていて人っ子ひとりいやしない。

そのとき、長屋にやってきたのが佐柄木与左衛門だった。篠笛の清兵衛が姿を見せないと呼びに来たのだ。そして頭から血を流している清兵衛と、うろたえるすみを見つけたのである。

「すぐに佐柄木様が医者をつれて戻ってきたけど……もう手遅れでございました」

膝の上で固く握られたすみの拳に、与左衛門がそっと手の平を重ねた。

「天下祭りの、しかも御雇祭の世話番を賜るなんぞ、この先二度と巡り合うことのない栄誉だ。なんとしても事を荒立てず務めを果たさねばならなかった」

祭礼行列は吹上上覧場にて大奥の御女中衆や御台所も上覧される。たかが笛方一人の死といえども、穢れを引き連れて城内に入ることなどあってはならない。

「亭主が死んだことをおおっぴらにしないでおくれと、わしからおすみさんに頼みこんだのだ」

「医者だけではなく、底抜け屋台のお囃子衆も口裏をあわせたんですね」

とくに篠笛のふたりは、名主から褒美までもらっている。口止め料のつもりだったのだろう。

与左衛門の頼みを拒むものは一人もいなかった。むしろこんなめでたい日に死ぬ清兵衛が罰当たりなのだ、と皆が協力した。町の栄誉がかかっているのだ。半日ばかり隠し通すことで丸く収まるなら、なんの懸念があろうか。

清兵衛の亡骸は、祠と厠の間の茂みの中に隠し莚《むしろ》をかけた。ふだんならすぐに見つかりそうなものだが、住人は夜通し飲み明かし踊り呆けて帰ってこない。

「貸本屋さんのおっしゃるとおり、祭りがひけたあと、屋根から落ちたことにしようと口裏をあわせました。裏店のみんなが戻る前に、あの人を屋根の下に引きずり出して、誰かが帰ってくるのを待ちました」

そのあとは万事うまくいったが、一年たって思いがけない事態が起こってしまった。ひとつは、妙見堂に頼んだ祭礼絵巻の出来が良すぎたこと。二つ目は、三枚組絵となって売り出されることだった。ひょんなことから佐柄木町の隠し事に気づく者が現れるかもしれない。

「描き直せだなんて大騒ぎなんぞするから、かえって目を引くことになったんですよ」

絵を見る者は、行列の人数がひとり足りないことなど気にも留めない。それでも佐柄木町の世話人たちにとっては、けして知られてはならぬ秘事だったのだ。

与左衛門が恨みがましくせんを見やり、すぐに肩を落とした。

「この度の不幸は、妙見堂に梅鉢屋が居合わせたことだった」

すみの細い目の奥に、もう涙はなかった。厚い唇が軽く開き、奥から白い歯が見えていた。

「そりゃあ後家さんも心苦しい日をおくっただろうよ」

せんが朝から井戸の前で洗い物をしていると、天秤棒を担いだ登がやってきた。祭礼絵巻の顚末を登に話して聞かせると、案の定人のいい顔で眉尻をさげたのである。

祭りのために夫の亡骸を隠し通した後家の噂は登の耳にも届いていた。噂の元は、妙見堂平太夫である。一連の騒動を美談に仕立て、三枚組絵の売り口上にして触れまわっているのだ。

この一件は奉行所の耳にもはいり、佐柄木町の与左衛門はこってりしぼられたらしいが、世間からは天下祭りに泥をぬらぬよう奔走した与左衛門の功をねぎらう声が大半だった。すみの店も物見高い男らが押し寄せ繁盛している。当然妙見堂ではまだ売り出されていない錦絵に注文が殺到し、なぜか関りのない安宅の笛の師匠には弟子志願がおしよせているらしい。

「旦那の弔いに野菜でも届けてやるか」

などと登は悠長なことを言う。笊の中は見栄えのいい早生りの大根が山ほど詰めこまれている。普段より量が多く、登の声はどこか上っ調子だ。

「なんであんたが弔うのさ。赤の他人でしょう？」

「店の繁盛に繋がったとはいえ、おすみって後家さんが矢面にたっちまったのは、俺たちの喧嘩のせいにちげえねえ」

たしかに、ことが大っぴらになったのは、登たちの喧嘩がきっかけだ。

祭礼の最中は、氏子町や世話番町が、山車や附祭を一世一代の見栄えにしようと贅をこらして盛り上げていく。浮かれ騒ぐのは町人だけではなく、祭りの警護役を担う武家や奉行所の町役人たち、城の主たちも同様だ。常ならぬ狂騒が江戸の町を覆いつくし、些末な悪だくみなど、祭りの狂乱に覆いつくされてしまう。

すべてが明らかになったはずだが、なぜか頭の中がすっきりしない。いつまでも、すみの白い歯が脳裡に残っているのだ。あれは、うっかり漏れてしまったすみの本心ではないのか。

「考えてみりゃあ、清兵衛さんが供物台に頭をぶつけて死んだっていうのは、おすみさんがそう言い張ったからだ。名主さんが倒れている清兵衛さんを見つけたときは、とっくに事切れていたんだよね」

「勝手にすっころんで死んだってのが、嘘だっていうのかい？」

「だって、おすみさん以外に見たものはいないだろ」

祭りの日、すみは本当に具合が悪かったのだろうか。己に折檻をし続ける亭主の背後に近寄り、なにか重いもの……瓦や漬物石、供物台を手にとり振り上げたのだとしたら……。

「つまり、おすみさんがてめえで亭主を殺して、祭りにかこつけてうやむやにしちまったってことか？」

「あの名主殿はずいぶんとおすみさんに入れこんでいた。おすみさんだって当然わかっていただろうし、祭りを成功させたいって気持ちが強ければ強いほど、清兵衛さんの亡骸を見て名主殿がなにを言い出すかは見当がついていたんじゃないのかね」

おかしな死に方をすれば周囲の者が見咎めるし、奉行所の検分でも当然ひっかかるだろう。だが神田祭の最中ならどうだ。町を埋め尽くす異常な熱気は、都合のよい目くらましになったはずだ。

「あんたらの喧嘩とおなじさ」

祭りのさなかは、御公儀や周囲の目が行列に集中する。空き巣や巾着切りだけではない。かどわかしやら女を人気《ひとけ》のない場所に引きずりこむなんぞもよく耳にする話だ。だが、それらはすべて「祭りだからしかたない」のひと言で片づけられてしまう。

神仏鎮護のための祭礼が、いつしか氏子町の見栄争いの場となり、己たちの欲を叶え楽しむ場になってしまった。それがどれほど愚かしいものか、すみは誰よりも知っていた女なのかもしれない。

「考えすぎだろう」

「そうかねえ」

「ああ。本ばっかり読んでっから、奇天烈なことを考えちまうんだよ」

登が天秤棒を手に取り腰を上げた。

「登、おすみさんのところには行かないほうがいいよ」

こんな表も裏も上も下もないような男なぞ、すみを前にしたらイチコロだ。毎日ただで野菜を運ぶ登の姿が目に浮かぶ。すると登はしまりのない笑みを浮かべてみせた。

「もしかして、おれが後家さんといい仲になるんじゃねえかって、妬いてんのかい」

「……」

「可愛いとこあるじゃねえか。しかたねえ、きょうは行かずにおいてやるよ」

そう言うと、せんの洗い物を引き寄せて、鼻歌交じりに板をこすりはじめた。

このお気楽な男に一矢報いたかったが、登の暢気《のんき》な顔を見ていたら、本心を告げるのも毒づく気もそがれてしまった。

女は嘘をついてなんぼ。人前では唇を閉じておくのが、いい女の条件だ。

＊

会いたいと願った絵師を前にしたせんは、しばらく目をしばたたかせていた。

「こちらが佐柄木町祭礼絵巻を仕上げた、安藤重右衛門《あんどうじゆうえもん》殿だ」

前の日の暮れ時に、妙見堂から例の絵師が版下絵を持って店に来るので引き合わせたいと知らせが入った。

平太夫に紹介された絵師は、どうみても元服したての若侍である。齢は十三、四であろうか。先の年の暮れ父親が亡くなり、十三歳だった重右衛門が跡目を継いだという。すでに家督をつぎ定火消同心の役目についているせいか、ここの小僧に比べるとずいぶん大人びた顔つきである。

「こちらはお若いが絵の腕はたしかでな。はじめは岡島林斎殿に絵巻を頼んだがかなわず、どういたそうか往生しておった。すると岡島様から、同輩の子息に、相当筆の立つ者がいると勧められたのだ」

岡島林斎といえば狩野派に絵を学んだ、富士の絵を得意とする絵師である。

「恥ずかしながら安藤家は微禄ゆえに、家人の口に糊するにはいささか心もとなく、妙見堂の仕事は渡りに船でござった」

若き武士が静かに口を開いた。

これまでは座敷の奥で絵筆を動かすことがもっぱらだったが、祭礼の巡行路に立ち町人たちの息遣いを間近に感じることができた。本人も納得の出来だったようである。せんが絵巻に感銘をうけたことを伝えると、重右衛門はようやく年相応のはにかんだ笑みを浮かべてみせた。

「床に伏せっていた父に、どうしても神田の祭りを見せたかったのです。父は出来上がっていく絵巻を眺めて心底楽しんでおりました」

嘘偽りのない祭りを描いた若い絵師にあったのは、人を喜ばせたいというまっすぐな想いだった。

せんは重右衛門に仕事を頼みたいと願ったが、きっぱりと断られた。あくまで己は幕臣であり、いまだお役目も満足にこなすことができない新参である、と。せんが満足に画料を出すことができないと見抜かれているのかもしれない。

「ではいつか私が大店を構えましたら、安藤様に一筆願いたいものでございます。そして私どもの氏神である、浅草三社祭の祭礼絵巻を拵えてくださいな」

「承知いたした。拙者もさらに研鑽し、江戸一の画工となっておこう」

祭りは氏神様のため氏子のため。だがなによりも一緒にいる大事な人とともに喜び楽しむものでなくてはならない。悲しさを覆い隠し、一刻でも憂さが晴れたら、神様だって悪事でないかぎり許してくださる。

この若き絵師、安藤重右衛門あらため歌川広重と再び見《まみ》えるのは、せんがこの先数え切れない厄介ごとに出くわしたずっとあとの話である。

氏子冥利

宮部みゆき

宮部みゆき（みやべ・みゆき）

一九六〇年東京都生まれ。一九八七年「我らが隣人の犯罪」でオール讀物推理小説新人賞を受賞しデビュー。一九九九年『理由』で直木賞受賞。本作は「三島屋変調百物語」シリーズの一篇。

「小旦那様、池之端の桜はもう咲き始めておりますよ」

お使いから帰ってきた小僧の新太《しんた》が、嬉しそうにそう教えてくれた。

小旦那と呼ばれる富次郎《とみじろう》は、神田三島町にある袋物屋「三島屋《みしまや》」の次男坊である。振り売りから一代でこの店を興した父・伊兵衛《いへえ》と母のお民《たみ》、長男で跡取りの若旦那・伊一郎《いいちろう》と、多くの奉公人たちと共に暮らしている。部屋住みの気楽な身の上だから、自ら剽げて「小旦那」と称しているのだが、けっして遊んでばかりいるわけではない。お店《たな》のなか、身内のあいだで、自分にできることは進んでこなしていこうと、細かく気を使っている。今日も今日とて、桜の便りを持ち帰ってきた新太と入れ違いに、まさに花見の宴の下ごしらえのために出かけようとしているところだった。

毎年桜の盛りになると、三島屋ではお店を挙げて隅田堤で花見をする。往復の足である船と船頭を出してもらう船宿と、宴の座敷を借り受ける貸席は、もうすっかり馴染みになっているところなので、この時季になったら顔を出し、本年もよしなにと挨拶《あいさつ》をしておけばよい。一方、手間がかかるのがまず当日の弁当で、ずっと懇意にしてきた弁当屋が店をたたんで故郷へ引っ込んでしまったものだから、新しい味を探さねばならなくなった。酒は貸席が揃えてくれるが、袋物の縫い子には女子供もいて、水菓子やお菓子もほしいところだ。それら口に入るものの手配は、自他共に認める旨《うま》いもの好きの富次郎が買って出て、まるごと任されている。

これから出向こうとしているのは、昌平橋を渡った神田御台所町《おだいどころまち》にできたばかりの仕出屋だ。三島屋のお得意様に口利きしてもらったところなので、一方的に客の面《つら》だけを提げてゆくわけにはいかない。この季節にふさわしい桜の柄がついた懐紙の包みを手土産に、富次郎も見苦しくない格好をしていかねばならない。

こうした「ちょいちょい外出着」用の羽織と着物は、変わり百物語の聞き手を務めるときにも身につけるものだ。いつもは銚子縮《ちょうしちぢみ》を着ているのだが、着た切り雀ではつまらなかろうと、つい先日、お民が新しく結城紬《ゆうきつむぎ》の一揃えを見繕ってくれた。縞《しま》柄だが、目を凝らさねば数えられぬほど細かな縞のなかに、一本だけ、春らしいホトケノザの赤紫色が混じっている。遠目ではまったく見分けられぬ赤味だが、これがあるのとないのとでは大違いで、身体にあててみるだけで、ぐっと顔映りがよくなるのがわかった。

——さすがはおっかさんの見立てだ。

売れ残っていた古い反物をねぎって買ったのだから、大した値段じゃない。仕立て下ろしだと畏《かしこ》まらないで、さっさと着ておくれ。そう言われたばっかりでもあり、富次郎は喜々としてこの結城紬に袖を通すことにした。

お店の表は今日もお客様で賑わっている。勝手口から出ようと廊下を曲がり、台所の続きの板の間へ顔を出すと、

「あれ、おとっつぁん」

父・伊兵衛がこっちを向いて突っ立っていた。唐桟《とうざん》の着物姿で、揃いの羽織はすぐ傍らに袖だたみにして置いてある。銀鼠色の地味な色目に、帯に差した矢立袋の小豆色が利いている。

「何だ、富次郎。おまえもお出かけかい」

と言う伊兵衛の背中から、女中のお勝《かつ》がひょいと顔を出した。

「まあ、小旦那様」

伊兵衛の後ろで膝立ちになり、針と糸を使っているらしい。

「背中にかぎ裂きでもこしらえましたか」

富次郎が笑って問うと、伊兵衛は眉を曲げて困った顔をした。

「新しい袂落《たもとお》としの具合がよくなくてなあ。肩のあたりがごろごろするんだよ。気持ちが悪いんで、とりあえず軽く縫い留めしてもらおうと思ってな」

袂落としとは袋物の一種で、一対の小さな巾着袋を紐でつないである。その紐を肩に

掛け、着物の両の袂に左右一つずつ巾着を落とし込んで使うのだ。巾着にしまってある小物を出したいときは、袂のなかに手を引っ込めて取り出せばよい。

「紐の滑りが悪いのかもしれませんわ」

言って、お勝が糸を玉留めし、糸切り歯で残った糸を切った。美女の常で年齢不詳のところがあるお勝だが、富次郎から見れば年増であるのは間違いない。しかし、この動作にはどきりとするほどの色気があった。

お勝が普段、変わり百物語の守《も》り役《やく》をしてくれているときには、女らしい優しさよりも、冷静な落ち着きを前に出しているのだろう。語り手が一人、聞き手も富次郎一人で、三島屋の奥の「黒白《こくびゃく》の間」という客間で向き合って行う変わり百物語には、大勢が一座に集って語る当たり前の百物語とは異なる秘密の薄闇がある。そこに寄りつく邪《よこしま》なものを祓うのがお勝の役目だ。疱瘡神の加護のしるしとして、その美しい顔と白い肌に痘痕《あばた》を刻まれたお勝は、最強の疫神の後ろ盾を得た禍祓《まがばら》いなのである。

「おお、ありがとう。具合がよくなった」

肩を上下させながら、伊兵衛は言った。富次郎が唐桟の羽織を広げると、するりと着込んで、

「これと同じ袂落としを、店頭からどけておくように言わんとな」

「はい、すぐに伝えて参ります」

お勝が微笑んで、裁縫箱を手に立ち上がった。富次郎は、つくづくと伊兵衛の立ち姿を見回してみる。

「たいそう貫禄のあるお支度ですが、どちらへお出かけですか」

「氏子《うじこ》の寄り合いだよ」

伊兵衛は着物の襟元《えりもと》をひと撫でして、背中を伸ばした。

「今年の附祭《つけまつり》の手配を進めないといけないからね」

はは あ、神田祭の打ち合わせか。

「そりゃまた、ずいぶんと気が早いですねえ」

神田明神のお祭は、九月十五日、江戸の大きな祭の締めくくりとして盛大に開催される。毎年ではなく、赤坂の山王祭《さんのう》と一年交替なので、お祭にかける氏子の情熱もそれだけ蓄積されるから、上から下まで皆が熱くなる。

それでも、今はまだこれから花見をしようかという時季なのだ。秋祭りの支度をするには、前のめりに過ぎないか。

伊兵衛は、富次郎の言葉に鼻白んだ。

「何を呑気なことを言ってるんだ、おまえは。一昨年の白壁町の〈大鯰《おおなまず》と要石《かなめいし》〉の曳き物を観ただろう。あれだけのものが一朝一夕にできるわけがない。一年以上もかかっているんだよ」

「え。そんなに前から取りかかるものなんですか」

三島屋は、この三島町の一角にお店を構える以前から、神田明神様の氏子であった。が、貸家や長屋暮らしのうちは、まことの氏子の数に入らない。お店を構えてようやく、氏子連の商家の末席に加えてもらえて、祭礼のお手伝いもできるようになったのだ。

そのせいか、普段はあまり騒がしいことに興味を寄せない気質《たち》の伊兵衛が、神田祭のことになると熱が上がり気味になる。まあ、遠からず自分が隠居して、長男の伊一郎の代になるまでに、氏子の端くれとしての立場を固めておきたいという親心もあるのだろうが。

頭の片隅でちらりとそんなことを考えていたら、まさに当たりだったらしい。伊兵衛は続けてこう言った。

「神田祭には、江戸じゅうから人が来るんだ。ただの見物人じゃなく、踊ったり謡ったり見世物を披露したり、なにしろ洒落者《しゃれ》が大勢集まるんだよ。洒落者と趣味人ときれいどころがお好みになる品物を商っているうちのような店は――」

「大一番、稼ぎどころ、勝負のしどころでござんすね」

先んじてそう言って、富次郎はにっかり笑ってみせた。

「心得ました。行ってらっしゃいませ。わたしも花見の段取りが終わったら、そちらのお手伝いに回ります。何なりとお申し付けくださいよ」

伊兵衛を送り出してから、雪駄に足先を入れた。

紹介してもらった仕出屋は、主人夫婦が若くてきびきびしており、気持ちがよかった。仕出屋は、手間がかかる割に一つの値が安い弁当は手がけない店もあるのだが、この夫婦は弁当作りが好きなのだそうで、富次郎が望む以上のにぎやかな案を出してくれて、とても楽しそうだった。

相談は上首尾に終わり、次は菓子屋を二軒ほど回ってみるつもりでいたが、熱心に話し合ったせいか、喉が渇いた。

——旨いお茶が飲みたいな。

いったん家に帰るなんて、つまらなすぎる。さてどうするか。すると、出がけに伊兵衛とやりとりしたこともあってか、思いついたのは、神田明神の裏参道の石段脇にある小さい茶屋のことだ。参拝にくる人びとの足休めにうってつけのところで、ここ御台所町からは目と鼻の先である。

——三色団子が旨かったっけ。

そこまで思い出したら、もうたまらない。富次郎はうきうきと足を踏み出した。

間口一間半のささやかな茶屋は、店のなかは客で満杯、外に出してある二台の長腰掛けもふさがっていたが、富次郎の様子を察して、手前に座っていた母娘らしい二人連れが、「どうぞ」と腰を上げてくれた。

「ご親切にありがとうございます」

富次郎も丁寧に腰を折って礼を述べた。去ってゆく二人連れの年長の方は姨子《おばこ》に結った髷《まげ》の大方が白くなっており、年若の方は桃割れが初々しい。母娘ではなく祖母と孫娘の組み合わせだったかもしれない。どちらにしても、目の宝になる美しい姿だった。

富次郎の心は、ふと夢想に酔った。

変わり百物語の最初の聞き手であり、伊兵衛の可愛い姪、富次郎にとっても大事な従妹のおちかは、去年の初めに三島屋からご近所の貸本屋へ嫁いだ。そしてつい先月、珠のような女の子を産んだばかりである。ゆくゆくはおっかさんのおちかを超えるほどのべっぴんになりそうな赤子の名前は小梅《こうめ》という。

小梅が大きくなったら、お民とおちかと三人で、あんなふうに肩を並べて、神田明神へお参りに来られる。きっと、眩しいほど美しい眺めになることだろう。

それはいいが、そのときの富次郎は、どこで何をしている何者になっているか。

まだ三島屋で小旦那を気取っている？　さすがに、それはマズすぎる。では分店を出してもらって、商いにいそしみながら、自分の女房子供に囲まれているか。

そこで富次郎の夢想は途切れた。自分のこととなると、そういう先行きを望むことができない。夢が浮かんでこない。

富次郎は、自分の人生の行方に、袋物屋の次男坊らしいありようとは違うものを望んでいる。

実は、絵師になりたい。画業に生きてみたいという想いを、こっそり胸の内に隠している。

おちかから変わり百物語の聞き手を引き継いだとき、語り手の話を黒白の間の内だけで聞き捨てにするために、富次郎は話の内容を絵にすることを始めた。半紙に墨で描く簡素な絵だが、そうやっていったん形にすることで確実に聞き捨てできるようになり、聞き手として自信を付けてきたように思っている。

そして、この世に二つとない怪異や不思議の話を絵にするうちに、もともと隠し持っていた絵心がそそられて、いつしか本気で絵師になりたいと願うようになった。

かなわぬ望みだとわかってはいる。絵筆一本で身を立てていくなんて、よほどの才がなければ歩める道ではない。百人が望んで、一人かなうか、かなわぬかぐらいの難しい夢だろう。

夢想の残りを振り払い、ほんのり甘く、もちもちと旨い三色団子を味わって、仕上げにほうじ茶の一口を飲み干し、「ご馳走さん」と店の奥に声をかけて、富次郎は長腰掛けから立ち上がった。

往来へと一歩踏み出せば、神田明神の境内へ上がる裏参道の石段が目に入る。

ここに居ながら、お茶と団子だけで回れ右をして帰るなんて、端くれの氏子としても、あるまじきことだ。お参りしていこう。幸い、見苦しくない身なりをしている。伊兵衛が一緒にいたら、理由もなしに裏参道から上がるのはよくないと叱られそうだが、そこは都合だ、勘弁していただこう。

神田明神のお社《やしろ》は、高台の上にある。正面からでも裏門からでも、石段を上がりきって広々とした境内の入口に立てば、誰でもまずぐるりを見回したくなる。季節ごとに変わる空の色、雲の形を背景に、江戸前の海の輝きが目に入り、霊峰富士山は言うまでもなく、筑波山の雄大な山稜も遥かに望むことができるのだ。

今日は好天で明るいけれど、富次郎は曇天や雨の日の境内の景色も好きだ。梅、桜、松の木や椎《しい》や欅《けやき》の木立の合間に、境内のそこここで提灯や灯籠の明かりが揺れる。足弱な老人では歩ききれぬ広さの境内に、権現造の本殿、拝殿、幣殿、神饌所《しんせん》、宝庫が、一つ一つ命ある巨《おお》きな生きものが眠っているかのように、静かに佇《たたず》んでいる。お天道様の光で遠くまで一瞥《いちべつ》できるときには感じられない「畏《おそ》れ」が身にしみてきて、そうしろと命じられるならばその場で額《ぬか》ずいてでも、いつまでも居られるような気がするのだった。石段の下で襟元を整え、頭上の青空に映える鳥居に向かって一礼し、富次郎は石段に足をかけた。とん、とん、とんと上がってゆく。

と、ちょうど入れ替わるように、鳥居をくぐって人が出てきた。こちらに背中を向け、深々と一礼をする。年格好までは見てとれないが、細い筒袖を着ている。職人か、物売りだろうか。

礼を終えて頭を上げても、まだ腰が曲がっている。老人だ。そこまで見て取って、富次郎は足を止めた。ぎょっとしたからだ。

筒袖の爺さんが、そのまま後ずさりして石段を降り始めたのである。顔は本殿のある方向へ向けたまま、右足を一歩、石段におろす。次は左足を浮かせて、爪先で段差を探りながら、また一歩。

爺さんの身体は薄べったい。着ている着物の丈は短く、膝下には脚絆《きゃはん》を付けている。ああ、行商人だな。富次郎がそう思った瞬間に、危なっかしく次の石段を踏もうとしていた爺さんの足の裏が、ぐにゃりと歪んだ。滑ったか、うまく着き損なったのだ。

薄べったく痩せた身体が泳ぐ。腕を振り回しても、つかまるところがない。上半身が泳ぐ勢いに引っ張られ、奥行きの狭い石段の上でよろけると、上の段に着いていた方の足も滑ってしまった。あっと跳ね上げた、草鞋《わらじ》の紐が緩んでいる。

「わ、わわわ、わわわ」

筒袖の爺さんは声をあげ、石段の上から四段目のところで、踊りを踊った。顔はすっかり空を向いてしまい、驚き呆れてその様を仰ぎ見ていた富次郎は、次の瞬間、

「はあ、有り難やぁ」

爺さんが溜息のような声で吐き出すのを聞いた。そしてその言葉と同時に、爺さんは両手を開き、身体の力を抜いて、仰向けに宙に身を投げ出した。

——そんな殺生な！

ぽかんと見惚れていられるわけがない。富次郎は前後を忘れ、爺さんの身体を受け止めようと石段を駆け上がった。ちゃんと踏ん張っていないと、あの人の勢いに押されて一緒に転がり落ちてしまうぞ。

どすん！　爺さんを受け止めた。富次郎の身体も後ろに泳ぐ。ちらっと横目を投げた刹那《せつな》、まさに下から石段を上がってこようとする他の参拝客が何人かいるのがわかった。このまま転げ落ちたら、あの人たちも巻き込んでしまう。富次郎は力を振り絞って踏ん張り、体勢を立て直そうとした。雪駄の裏の鋲《びょう》がかちんと鳴る。伊兵衛のお下がりの上等な雪駄だ。ありがたや、鋲が滑りをとめてくれる。

「おっと、おっと、おっとっと」

爺さんの身体をしっかり抱きかかえ、腰を落として重心を低くし、一段、もう一段と石段を降りる。足を横に出し、身体も半身にして、力加減ができるようにする。

「だ、大丈夫ですか？」

すぐ後ろから、富次郎の腰を支える腕が現れた。前垂れをつけたお店者らしい若者だ。さほど体格がいいわけではないのに、力持ちだった。その二本の腕は、筒袖の爺さんを抱える富次郎ごとしっかりと受け止めてくれた。

「ああ、助かった」

「両脇から手を回しましょう。若旦那、足元に気をつけてくださいよ」

前垂れの若者と、筒袖の爺さんを両側から担ぐようにして石段を下まで降りた。息を詰めて見守っていた他の参拝客たちが、ほっとして口々に声をあげる。

「おじいさん、気分はどうかい？　しゃべれますかね？」

筒袖の爺さんの顔を覗《のぞ》き込み、前垂れの若者が問いかける。爺さんの頭はがっくりと前に垂れていて、表情が見えない。返答もない。

「ああ、どうしましょう」

前垂れの若者がうろたえて、富次郎に問うてきた。爺さんは気を失っているのか。それに、ちょっと臭う。石段から落ちそうになった恐怖で、粗相《そそう》をしてしまったのか。そういえば股引《ももひき》が濡れているようだ。

一呼吸するほどのあいだに、富次郎の心には様々な思惑がよぎった。が、前垂れの若者の方に顔を向けたときには、不要のものは吹っ切れていた。

「ええと、おまえさん——知多《ちた》屋さんか」

前垂れの帯のところに屋号の縫い取りがある。富次郎はそれを読み取った。若者はぶるぶるうなずいて、

「通油町《とおりあぶら》の油屋でございます。手前は手代の文吉《もんきち》と申します」

「じゃあ文吉さん、済まないが三島町の袋物屋、三島屋へひとっ走りして、店先にいる誰にでもいい、これから小旦那が急病の人を連れて帰るから、介抱できるように支度をしろと伝えておくれ」

うなだれたまま爺さんが唸り、身を震わせた。いびきのような音をたてて、大きくひとつ息をする。

富次郎は早口で続けた。「黒白の間を使うからって、そう伝えてくれればわかるから」

「かしこまりました。三島屋さんでございますね!」

知多屋の文吉は尻に火が点いたみたいに駆け出した。油屋がこんなところで油を売る羽目になり、叱られたら気の毒すぎるから、文吉の主人にはあとで三島屋から挨拶してやらねばならない。知多屋、知多屋と忘れぬように頭に刻みつけて、富次郎は筒袖の爺さんの痩せた身体を抱え直し、がっくりと垂れたままの横顔に声をかけた。

「おじいさん、これからあんたをおんぶしますからね。ちょっと苦しいかもしれないが、我慢してください。うちに着いたらすぐ、横になれますからね」

筒袖の爺さんは応えない。そのかわり、まわりに居残っていた参拝客たちが、富次郎がうまく爺さんを背負えるように手を貸してくれた。袖すり合うも多生の縁の親切心だが、人びとが一様に顔をしかめ、(臭い)という顔をしているのが何とも辛い。

実際、爺さんはかなり盛大に股引を濡らしており、富次郎は背中にも手のひらにも腕の内側にもじっとりした水気を感じた。

——せっかく仕立て下ろしの結城紬を着ているのに。

さっきもそれで、一瞬だけ思い乱れてしまったのだ。でも、いいよいいよ、もういい！　ここで病人をほったらかして逃げ出したら、この先ずっとバツが悪くてたまらない。で、うちで不景気な顔をしていて、伊兵衛とお民に理由を問い詰められ、たまらずに白状してしまえば、「薄情者め、氏子の風上にも置かれない」「氏神様のお足元で何をやっているんだね」と責められて、こっちが病人になってしまう。今日はそういう日和《ひより》なんだ。富次郎は爺さんと出会ってしまったんだから、助けなければ。

さんを背に、三島屋へと走った。

それから半刻（一時間）ばかり経ったころである。

黒白の間に敷いた寝床の上に、筒袖の爺さんが背中を丸めて座っている。まだ総身に力が入らぬようで、両肩が落ちているが、目には昏倒のなごりの陰はないようだ。

傍らについたお勝が、爺さんが両手で大きめのどんぶりを包み込むように持って、ゆっくりと白湯《さゆ》を飲むのを見守っている。一口、もう一口。咳き込んだり、また吐き戻す様子はなく、どんぶりに半分ほど入っていた白湯を、無事に飲みきった。

もちろん、爺さんはもう筒袖を着ていない。ここに運び込んですぐに、お勝が熱いおしぼりで身を拭《ぬぐ》い、そっくり着替えさせたのだ。通りすがりの知多屋の文吉の「おかみさん、てぇへんだ！」を受けて、手早く支度をしてくれていたお民のおかげで、万事が滑《なめ》らかに運んだ。命じられるまま、あわあわと手伝っていた富次郎が一息ついてよく見ると、爺さんが寝間着にしているのは自分のお古の浴衣だった。お民がそのうち小梅のおしめに仕立て直そうと、取っておいたものだ。

幸いなことに、爺さんはそれからほどなくして目を開き、やりとりもできるようになった。富次郎が踏ん張った甲斐があって、怪我はないようだ。どこにも痛みはないと言うし、腫《は》れや痣《あざ》も見当たらない。

そして今、目の前に座っている爺さんの背中に掛けてある薄い綿入れもまた、富次郎のものである。まあ、いいよ、もう。

「お白湯が喉を通るようでしたら、一安心でございますわ」

お勝がどんぶりを下げて出て行き、入れ替わるようにお民が黒白の間に入ってきた。

「ああ、顔に血の気が戻りましたね」

お民は爺さんに、自分が三島屋のおかみであると名乗って、縁あってお助けした以上は、お店の看板にかけて半端なお世話はできぬと言った。うちが懇意にしている町医者の先生に診てもらいましょう。忙しい先生だから、すぐ往診に来てもらうことはできないけれど、どのみち、あなたはしばらくここで静かに休んでいなければいけません。お身内には報せなくてよろしいか。うちの小僧を走らせますから、お住まいを教えてください——

外で気絶して倒れてしまった年寄り相手だから、もちろん口調は優しい。だが、声音には有無を言わさぬ迫力があった。

「どうもお手間をおかけしまして……」

お民の顔から目を伏せたまま、爺さんはゆっくりと頭を下げて、呟いた。

尖った顎、肉の薄い背中、骨張った肩と薄っぺらい腹。ゆとりのある暮らしをしているようには見えないし、もとから健やかであるようにも見えない。干上がった田圃《たんぼ》のような、潤《うるお》いを失って擦《かす》れた声にも元気がない。

「そんな遠慮は無用でございます。あなた様は、明神様の境内から落っこちていらした。わたしどもの倅《せがれ》があなた様を拾い上げましたのは、氏神様の落とし物を拾ったということに他なりません」

端くれの氏子冥利《みようり》に尽きる、福分の厚いことでございますわ——と、お民はどこまでも優しく続けた。

「わたしどもが、あなた様をおろそかに扱うわけには参りません。さあ、お住まいはどちらでしょう。あるいは、差配さんや地主さんにお知らせした方がようございますか」

福分の厚い小旦那さんか。いや、ただ食い意地が張っていて、たまたまあそこにいただけなんだが。お民の真面目ぶりが面はゆくなってきて、富次郎は口を挟んだ。

「おっかさん。それよりもまず、お名前を聞いてみてはどうですか」

言ってから、爺さんの顔を覗き込んで、笑いかけた。いや、笑いかけようとしたがうまくいかなかった――と言わなければ正しくない。

不躾《ぶしつけ》に覗いてしまったから、爺さんの目と目がかち合った。目元の深い皺《しわ》のたたみの間に隠れてしまいそうな、細い目だ。白目は狭く、黒目は小さい。目尻が濡れて赤らんでいる。ただそれだけの、老いた人の目であるのに。

刹那の十分の一ほどのあいだ、富次郎は総毛立った。

何かしら別のもの――眼の形をしてはいるが、人の眼ではないものを見てしまったような気がしたのである。

そう、気がしただけだ。気の迷いだ。気分が悪くなって昏倒し、やっと息を吹き返したばかりの爺さんの眼なのだから、血走っていようが、焦点が怪しかろうが、ちっとも妙ではない。むしろ澄み渡って美しい瞳である方が、よっぽど化けものじみている。

頭ではそう考えることができる。しかし、この鳥肌は何だ。逆立つうなじの毛は何を感じている？

富次郎の目から眼差しを逃がして、いっそう深くうなだれて、爺さんは声を出した。

「あたしは……名をいわまつと申します。漢字では岩に〈すえ〉の方の末という字を書くんだそうですが、あたしは無筆なもんで、書いたことがござんせん」

自称の「あたし」は、「わだし」と「あたし」と「わっし」をまぜこぜにして潰したような音に聞こえた。年寄りの声が嗄《か》れていることは珍しくもないが、この人は若いときからこういう声なのではないかと、富次郎は思った。これという根拠はなく、ただの勘だが、変わり百物語で年配者の語りを何度か聴いた経験から、そこそこ確かな勘ではある。

「錠前直しを生業《なりわい》にしておりまして……」

喉が詰まり、ゲホンと咳をした。湿った咳ではない。

「倅夫婦と三人で、明神様の裏っ方に住まっておりますが、昼間のうちは倅も嫁も仕事に出ているんで、わざわざ報せていただいても、二人ともつかまらねえでしょう」

そこでぎくしゃく身動きすると、布団の上で正座しようとする。

「お世話になりっぱなし、逃げるようで面目次第もござんせんが、もう気分は治りましたんで、どうぞこのまま引き揚げさせてくだせえ。ありがとうございました」

なかなかうまく正座できず、身体が揺れる。手を貸して支えて、無理をしちゃいけませんと言ってやるべきなのに、富次郎はすぐに動けない。さっき目と目が合った、あの寒気がまだ抜けきっていない。

するとお民が手を差しのべて、岩末爺さんを宥《なだ》めた。「そういうことならば、倅さんたちが出商いを終えて帰ってくるまで、ここで休んでいらっしゃいな。そんな堅苦しく座り直したりしないで、楽になさい」

錠前直しは、文字通り錠前を修理したり、取り付け・取り外し、使いやすいように掃除して油を差したりする仕事だ。錠前を作って売ることまでやる錠前屋ならばお店を構えるが、「直し」の方はあくまでも客先へ行って行うので、鋳掛《いか》けや雪駄直し、鏡研《かがみと》ぎと同じ、必要な道具を背負って町を流して歩く出商いになる。だから岩末爺さんも、筒袖に股引・脚絆の出で立ちだったのだ。

「ところで、倅さんだけでなく、お嫁さんも錠前直しの流しをしているの？」

素直に興味を引かれたのか、お民が問いかける。最初よりもやや上からの口調に変わったのは、岩末爺さんの生業がわかったからだ。

爺さんは正座に直るのを諦めて、また背中を丸めている。お民の問いに答えて、

「近所で駄賃仕事をしながら、錠前の御用はねえかと聞き回っておりますんで。けども、女の指は柔らかいから、細かい直し物は倅より巧いこともあるんでござんすよ」

その声音に、ほのかではあるが、これまでなかった響きが混じった。お客に対するときの、商人や職人の「丁寧」の響き。

ちょうどそこへ、唐紙の向こう側から、お勝の声がした。「失礼いたします」

大きな盆に、湯飲みや急須を載せている。おや、この甘い匂いは——

「葛湯《くずゆ》をお持ちしてみました。白湯が落ち着いているようでしたら、すこしお腹に入れてみてはいかがでしょう」

「ああ、それは名案だわね。では岩末さん、お大事にして、休んでいてくださいよ」

お民はさっきの富次郎のように、岩末爺さんの眼を見てはいないはずだ。それなのに、お勝が来たのをいい潮に、さくりと退散してゆく感じなのは、

——おっかさんも何か妙に思ったのかな。

岩末爺さんは、怪我人ではなくなった。病人では……あるかもしれない。そして悪人ではなさそうだが……何者であるかは、まだわからない。ちょっとばかり薄気味悪い……ところがあるのは否めない。

「ああ、旨いなあ」

気がつけば、岩末爺さんは舌を鳴らして葛湯を味わっている。お勝が目を細めてそれを見守っている。

「腹が温まって、しゃっきりしましたよ」

満足そうに葛湯を飲み干し、爺さんは初めてお勝の方に顔を向けると、口元をひねり上げるような笑みを浮かべた。

お勝も微笑み、空になった器を受け取って、「温まったところで、また横になった方

がようございますわ」

そうそう。どのみち、この爺さんを一人で帰すわけにはいかないのだ。

「いやいや、もう大丈夫でござんす。あたしは無駄に達者で、もう二十年ばかり鼻風邪ひとつ引いたことがねえ。叩っ殺したって死なねえ爺で、困ったもんでございますよ」

その言葉を聞いた途端に、富次郎のなかでばらけていた謎がぱちりとはまった気がした。いきなり筋が通った。

裏参道の石段から落ちていこうというときの、岩末爺さんのふるまい。そして、謎のように呟いた言葉。

——はあ、有り難やぁ。

そういうことだったか。

腑に落ちたことが、勢いよく言葉になって飛び出した。「そうか、叩き殺したって死なないくらい丈夫だから、裏参道の石段からわざと落っこちて死のうと思ったんですね」

たちまち、錠前直しの爺さんとお勝が固まった。爺さんのすすけた顔が歪み、目がつと泳ぐ。

おお、図星なんだ！　富次郎は追い打ちで一喝する。

「あんた、鳥居をくぐると、後ずさりしながら石段を降りようとしたでしょうが」

そして、上から四段目のところで足を滑らせたのだ。

「あっとなって落ちないように踏ん張って、手をあげて体勢を整えようとして、だけどそれはホントにとっさのことでさ」

すぐと仰向けになって身を投げ出し、溜息のように口にしたのだ。有り難い、と。

「あんた死のうとしただろう。よりにもよって、わたしらの氏神様の足元でさ！」

富次郎は目を吊り上げる。本当に吊り上がっているかどうか定かではないが。

「あら、まあ」

声を出して、お勝の方が先に我に返り、床の上の爺さんの方にするりとにじり寄った。

「……本当にそんなことをなさったんですの」

岩末爺さんは目を見張ったまんま、のろのろとかぶりを振った。口元を弛め、何か言いかけたが声が出てこない。

「うちはしがない袋物屋だからね」

鼻息を荒くして、富次郎は続けた。「明神様にとっては、端くれの氏子でございますよ。それだって、大事な氏神様の足元で死のうなんて、いちばん非礼なことをしようという者を見過ごしにはできゃしない」

だから助けちゃったんだよ。仕立て下ろしの結城を台なしにしてまでさ。

憤る自分の鼻息がうるさい。お勝はどうしてあんな顔をして落ち着いていられるのか。

そのとき。

「……端くれ」

岩末爺さんがぼそりと言った。

「は？」「え」

富次郎とお勝の問い返しが揃う。

爺さんはうなだれたまま、ぼそぼそと問うてきた。「こちらは、三島町の袋物屋の三島屋さんなんでしょう」

富次郎はお勝と顔を見合わせた。お勝の方が、爺さんの問いに答えた。

「ええ、左様《さよう》でございますわ」

「変わり百物語なんていう風変わりなことをなさっている、酔狂なお店でござんすよね」

酔狂、と言う口調にいささかの棘《とげ》があって、ちくりと富次郎の耳に刺さった。

「酔狂じゃありません。いたって真面目にやっているんだから」

「どんな評判をお聞きですか」と、お勝が優しい声音で訊いた。「錠前直しでこのあたりの町筋を流しているうちに、三島屋の噂が耳に入ったんでしょうね。褒《ほ》められておりますか。それとも、くさされておりますか」

爺さんは口元に皺を寄せ、小声で言った。「お店の評判は上々だし、変わり百物語のことだって、悪い噂はござんせんよ」

「それは嬉しゅうございますわ。ねえ、小旦那様」

富次郎は黙っていた。まだ「酔狂」の棘が耳にちくちくする。

岩末爺さんは、何か思い切ったみたいに顔を上げると、富次郎とお勝の方へ向き直った。そして、今までにない切り口上で問うてきた。

「商売繁盛、濡れ手で金銀砂子の三島屋さんが、さっきから聞いてりゃあ〈しがない袋物屋〉だの〈端くれの氏子〉だのって、おかみさんも若旦那もしつこくおっしゃる。何だってそんなにへりくだるんで？　神田明神の神様は、それほど畏れ多くていらっしゃるんですかね」

「はあ？」

富次郎は、ぽかんと口を開けるしかなかった。何て莫迦《ばか》なことを言ってるんだ、この爺さんは。

「岩末さん、あんただってここらに住んでいるんでしょう。まさか、神田明神様の謂《いわ》れをご存じないわけじゃなかろうに」

今日《こんにち》の天下太平の礎《いしずえ》を築き、江戸幕府を開いた権現様、徳川家の初代将軍家康公は、慶長五年、天下分け目の関ヶ原の合戦に臨み、神田明神（その当時は今の場所ではなく、武蔵国豊島郡芝崎村というところにあった）の神職に、戦勝祈禱を頼んだ。神職の心を込めた祈禱の甲斐があり、家康公は見事に勝利を収めた。その勝利の日は九月十五日、神田明神の例大祭の日であった。

「徳川将軍家にとって、神田明神は振り出しから大切な神社だったのさ」

元和二年――これは家康公が没した年でもあるが、神田明神は江戸城の表鬼門守護地である今の場所に遷座し、幕府により社殿が建設された。これにより名実ともに江戸総鎮守となり、神田の町筋に暮らす庶民にも、「明神様」と親しまれつつ崇敬されるところとなったわけである。

「これだけでもおわかりでしょう。神田明神様のいちばんの氏子は、葵《あおい》のご紋の公方《くぼう》様なんだよ。下々の民はね、どんな豪商だろうが、二の次、三の次なのさ」

ましてや、伊兵衛・お民が興してたった一代、新参者の三島屋は、さらに下だ。だから、どんなときでも「端くれの氏子」とへりくだるのを忘れない。江戸総鎮守の守護のもとにあることの有り難みを胸に刻んで。

ちなみに、旨い物の評判記や諸国土産物番付などにはめっぽう詳しい富次郎だが、歴史読み物となると、どっちかといえば疎い。それでもこれくらいのことはつるつる言えるのは、おちかの亭主で貸本屋「瓢簞古堂《ひょうたんこどう》」の若旦那・勘一《かんいち》のおかげである。紙魚《しみ》の生まれ変わりではあるまいかと思うほどの書物好きで、物知りなのだ。

「神田明神のお祭が天下祭と呼ばれるのも、江戸城に祭礼の山車《だし》が入るからだよ」と、富次郎は続けた。「田安《たやす》御門から入って、上覧所を経て常盤橋《ときわばし》御門へ抜けるんだ」

　これは五代将軍・綱吉公の時代からで、その後はさらに練り物まで城内に入り、御台所、大奥のお女中たちにも上覧いただくこととなった。

「山車の組数は三十を超えているからね。先頭が常盤橋御門を出るときでも、最後列はまだ昌平坂を登っているんだよ。高いところから見回すことができたら、どんなにいいだろう。さぞかし壮麗な景色なんだろうなあ」

　端くれの氏子としては、身分を弁《わきま》えない高望みだが、今は口が滑ったことにして勘弁していただこう。

　さて、この歴史ある天下祭に、「附祭」という華やぎが加わるようになったのは、九代将軍・家重公のころからである。「附け」というくらいだから付け足しの余興なのだが、ちょうど出がけに伊兵衛が話していた〈大鯰と要石〉のような大がかりな曳き物、奇抜な仮装行列、流行の踊りや当代の人気芸人たちによる歌舞音曲などなど贅《ぜい》を尽くした賑やかな出し物で、庶民にとっては、むしろこちらの方が楽しみになっている。だからこれまで営々と、氏子町が当番制で金と人手をかけ、工夫を凝らしてきた。まあ、富次郎はそのへんを甘く考えていたわけだから、威張れる立場ではないのだが。

　――今年の附祭、三島町は何をやるのかな。

　さっき訊いておけばよかった。熱弁に握っていた拳をふと緩めて鼻の頭を掻くと、お勝が吹き出した。

「小旦那様、そのくらいでようございましょう。岩末さんが困っていますよ」

さあ、困っているのかどうか。岩末はまた下を向き、顔を隠している。

場を取りなすように、お勝は明るく言う。「江戸城の鬼門封じの御力《みりき》をお持ちの神様の足元でも、江戸っ子のそそっかしいのは治りませんのね。わたくしの昔のご近所には、附祭の踊屋台に乗る娘さんの晴れ着を買うために大枚の借金を背負ってしまって、お祭が終わったら、当の娘さんを岡場所に売る羽目になった大工の親父さんがおりました」

いや、それは笑い事ではなかろう。

「凄《すさ》まじいおっちょこちょいだね」

同じ天下祭でも、武家屋敷の多い赤坂の山王祭と、江戸市中でも指折りの賑やかな町筋にある神田明神のお祭りでは、庶民の浮かれ具合が違う。だから、こういう悲喜こもごものことが起こるのだ。

富次郎も附祭の賑やかな出し物、歌や踊りを眺めるのは大好きだ。先の神田祭のとき、可愛らしい半玉《はんぎょく》が輪になって踊っている屋台を見物していたら、鼓の一打ちを合図にその半玉たちが煙のように消えて、色とりどりの糸玉を操る女手妻師が現れたもんだから、腰を抜かしそうになったことがある。え？　と目を剝《む》いて女手妻師を仰いでいると、また鼓が鳴ってその姿がかき消えて、半玉たちが戻ってきた。和泉橋の方へ向かってゆくその踊屋台を追いかけようとしたところ、後ろから店の誰かに呼ばれて諦めたのだが、今年のお祭でもあの趣向はあるだろうか。見つけたら、今度こそ追いかけていって、不可思議な手妻の種を見抜きたい。

十五日の夜は、町の人々が家々の軒提灯を外して竹竿の先につけ、奉送して歩く。その光の流れは地上の天の川さながらで、見物する者たち皆の瞼《まぶた》の裏に焼き付いて離れない。あれがあるから、中一年を焦れずに待つことができる。端くれの氏子として、富次郎はやっぱり神田祭を心から楽しみ、心待ちにしているのだと、つらつら思うのだった。

そんなことをお勝に語っていると、床の上の岩末爺さんが溜息をついた。わざとらしい大げさな溜息だ。

「何か文句があるのかい？」

一度ゆるんだ拳骨をまた握り直して、富次郎は気色ばんだ。どうにもこの爺さん、気に入らない。仕立て下ろしの結城紬が、今さらのように惜しくなってきた。

爺さんは、富次郎の方を見もせずに、低い声音でこう言った。「若旦那も女中さんも、明神様は眼中にねえ。神田祭が好きなだけでしょう」

はあ？　富次郎はまた啞然とする。すると、右肘の上をやんわりとお勝に触られた。落ち着いてくださいまし、という合図だ。

そしてお勝は爺さんに問いかけた。「そうかもしれませんわ。でも、岩末さんはいかがなんですの」

黒白の間に沈黙が落ちた。富次郎は目を尖らせて爺さんの返答を待ち、お勝は口の端にかすかな笑みをたたえており、貧相な爺さんは富次郎のお下がりの浴衣に包まれた肩をすぼめてうつむいている。

「――おっかねえ」

やがて、岩末老人はぽつりと言った。

「あたしには、明神様はただただおっかねえ。恐ろしゅうござんすよ」

抑揚のない呟きに、無愛想を通り越した無信心と非礼の響きを聞きとって、富次郎はさらにかちんときた。

「どの神様がおっかないんだよ」

きつい口調で問い返した。

「明神様のご祭神は二柱おられるんだ。それも知らぬ存ぜぬとは言わせないよ」

一の宮は大己貴命《おおなむちのみこと》、「だいこくさま」である。人の世を成り立たせ、人と人を繋ぐ大切な「縁」を結ぶ神様だから、どれほど重んじて仰いでも足りない。

そして二の宮が平将門命《たいらのまさかどのみこと》。除災厄除の御力を持つ神様だが、かつては人の身であり、坂東の名高い武将であった。東国の民びとがより人らしく生きられるよう、都の役人どもの圧政に抗して戦った方で、だから生前も、朝敵として討たれてしまった後々までも、東国では英雄として仰がれ、ついには神様として祀《まつ》られることになったのだ。もちろん武運の神様でもあらせられる。

「言ってごらんよ。どっちの神様が怖いのさ」

子供のようにムキになる富次郎に、少し呆れているのか、お勝がまたやんわりと肘をつかんできた。

「ただ神様だというだけで、恐ろしゅうござんす」

言って、岩末老人は顔を上げた。黒白の間の宙へ目を投げて、その口の端がひくりと震える。

「公方様が拝んでおられるほど強い神様のお足元で、あたしはいつ神罰を喰らうのか、今日だろうか、明日だろうかと首を縮めながら暮らすのは、生きた心地がしなかった」

——何言ってんだ、この爺さんは。

「岩末さんは、神罰を受けるようなことをなさったんですか」

揺るがぬ落ち着きと優しさで、お勝が問う。

爺さんはあさっての方へ目を向けている。富次郎は気がついた。

——明神様のお社がある方を見ているんだ。

恐れ、畏れながらも、心を占められている。

裏参道の石段で足を滑らせたとき、岩末爺さんが「有り難い」と身体の力を抜いたのは、ついに神罰がくだされたと思ったからなのだ。

わざと後ずさりして石段を降り、自ら死を引き寄せようと企み、ようやくそれが成就すると思ったからなのだ。

「あんた、何をやったんだい？」

富次郎は問うて、最初に目と目がかち合ったときと同じように、岩末爺さんの顔を覗き込んだ。答えてくれよ。

「うちの変調百物語の評判をご存じなんだろう。他でもない、この座敷が舞台なんだ。いつもここに語り手を招いて、わたしが聞き手を務めているんだよ」

ここで語られた話は、けっしてここから外に出ない。語って語り捨て、聞いて聞き捨て。

「だから、安心してしゃべっておくれよ。今日ここにあんたを担ぎ込んだのも、何かの縁のお導きだったんだろう」

死を望み、それでいて神の怒りを恐れる。あんたの犯した罪は何だ。

「――人を殺《あや》めたんでさ」

言って、ようやく爺さんはこちらを見た。まず富次郎を。それからお勝の顔を。

「都合、四人も手にかけました。なのに、てめえはのうのうと、この歳まで生きてきたんでごぜんす。人でなしとしか言いようがねえでしょう」

どれほど重い神罰を下されたとしても、甘んじて受けることしか許されない。

　真夏に水を飲んだときのように、富次郎の胸がすうっと晴れた。さっき不用意に覗き込んだこの爺さんの眼に、人ではないものの色を見てしまったのは、間違いではなかったのだ。人殺しの目を覗き込んだから、その奥に血まみれの罪の影を見て取ったから、総毛立ったのだ。

　このひ弱そうな爺さんの身の内に、いったいどんな理由があって、それほどの非道が隠されることになったのか。

　それをこそ、富次郎は知りたい。

「語っておくれよ」

　躊躇《ためら》いもなく、臆することもなく、平らな声音で、爺さんに言った。

「わたしに語って、聞かせておくれ。あんたが語り、わたしが聞く」

　黒白の間は、そのための場所だ。

＊

「初めてこの手で人を殺めたのは、よりにもよって正月明けの七草の日でござんした。あたしは、十三になったばっかりの小僧でね」

　両手を膝に置いて寝床の上に座り、少し背中を丸めて肩を落として、岩末爺さんは語り出した。

本日の黒白の間には何の飾りもなく、茶菓もなく、床の間にいつもは飾る半紙もない。富次郎は聞き手の座ではなく、岩末の寝床の脇に座っている。かいがいしい女中から、変わり百物語の守り役へと役割を変えたお勝は、語りの場になくてはならぬ土瓶と湯飲みを載せた盆を調《ととの》えると、いつもの決まりの小座敷へと引っ込んだ。

「ざっと四十四年前のことになるんで、この話に出てくる者《もの》は、もう誰も生きちゃいません。そのころあたしらが住まっていた長屋も火事で焼けて失くなっちまって……。今じゃ大家さんも代わっているし、昔の切れっ端はどこにも残っちゃいませんが」

ただ、その裏長屋も神田明神のお膝元にあったという。当時から、岩末爺さん――岩末小僧は明神様の氏子だったのであり、この不穏な話は神田界隈で起きたことなのだ。

富次郎は急いで口を挟んだ。「岩末さん、うちの変わり百物語の評判を噂で聞きかじっているだけならば、詳しいことまでご存じなかろう。だから先に念を押しておきますよ。語りに出てくる人や店の名前、場所も町名も、本当のことを言わなくたっていい。伏せておいてかまわないんだ。仮名《かりな》が要るなら好きなようにつけりゃいいし、何なら語りやすいようにわたしがつけます」

今回はとりわけ、同じ端くれの氏子同士で、氏神様のお足元で起きた血なまぐさい話を語って聞こうというのだ。昔話ではあっても、万に一つ「あの家の、あのお人のことじゃ？」などと、あとから思い当たるような節があってはたまらない。こちらの本音としては、一から十まで仮名にしてほしいくらいであった。

「へえ、心得ました」

爺さんは素直にうなずくと、ちょっと考えるように目を細めてから、続けた。

「うちはおふくろとあたしと、四つ年上の姉のお萬《まん》と三人暮らしでござんした。親父は手間大工だったんですが、どうしようもねえ酒好きで、あたしが物心つく前に、あの世へいっておりましたもんで」

岩末の母親は女手一つで二人の子供を養うために、近所じゅうを駆けずり回って、日銭仕事ならば何でもやった。さらに、鍋一つと七輪があればできる煮売り屋でも細々と稼いでおり、

「有り難いことにそっちの商いがうまくいって、あたしが十になるころには、長屋のなかではありましたけども、ちゃんと竈《へっつい》に鍋を載せて、小さい暖簾《のれん》を出すところまでこぎつけましたんで」

お萬はおふくろさんを手伝い、一緒に煮売り屋の商いに打ち込んだ。日々、いろいろな客が来る。もちろん金持ちは寄りつかないから、店をやっている側とおっつかっつのその日暮らしの老若男女が大半だ。お客と持ちつ持たれつ、雨の日も風の日も、凍るように寒い冬の日も、立っているだけで茹《ゆ》だりそうな真夏の熱気のなかでも、母娘は煮売

り屋を切り回した。

その背中を見ながら、岩末は育った。

「姉は器量よしだったんで、うちの看板娘でござんした」

悲しいことに、それが仇になってしまった。

「近所の遊び人に目をつけられましてね。しつこく言い寄られて、ずいぶん怖い思いをさせられた挙げ句に――」

若い身空で命を絶つ羽目になってしまったのだ、と言う。

その日、おふくろさんと岩末は手分けして近所をまわり、七草粥の注文を取って歩いていた。

「七草粥と鏡開きの汁粉は、年にいっぺんずつだけども、いい商いになったんですよ」

長屋の店にはお萬が一人残り、掃除をしたり、大鍋で粥を煮る下ごしらえをしていた。

「姉に付きまとっていた遊び人は、定六《さだろく》と名乗っていました。本人は芸人だとか向島界隈じゃ知られた幇間《ほうかん》だとかうそぶいとりましたが、正体はただのろくでなしですよ。歳も三十半ばでさ、正月に十七になったばかりのお萬とは、親子でもおかしくねえくらいだったのに」

これは後にわかったことだが、この野郎が岩末たちの住まう煮売り屋の近所にいたのは、神田相生町にいた長唄のお師匠《つしょ》さんといい仲で、そこへ転がり込んでいたからだった。このお師匠さんは大年増で、こっちはこっちで定六と母子のような組み合わせだったから、大事な情夫《いろ》をつなぎ止めておきたい一心で、寄食させ小遣いを与えて、好き勝手させていたのだった。

ヒマなら売るほど持ち合わせていた定六は、お萬にしつこくつきまとい、隙を見ては何度も手を出そうとしてきた。長屋の店子仲間の助けもあり、どうにか切り抜けてきたお萬だったが、

――これじゃ先々のためによくない。お萬は、どっかに住み込みで働いた方がいいね。

七草粥の注文を取るついでに、いい奉公先がないか心当たりを聞いてみる。おふくろさんはそんなことを言って出かけていたのだ。

正月明けで、岩末一家の気も、近所の人びとの目も、ちょっとだけ弛《ゆる》んでいた。年末年始、定六が煮売り屋の近くに姿を現さなかったことにも、油断を誘われていた。

「山ほど注文をもらって、あたしがほくほく顔で長屋へ帰ると」

店の表戸、煮物の湯気のせいでまだらなしみができた腰高障子が閉まっていた。昼間はいつも開けっぱなしだから、

「ちょっと妙に思いながら、あたしはがらりと戸を開けました。そしたら」

岩末の痩せた喉に突き出した喉仏が、ぎくしゃくと上下した。何が起きていたのか、富次郎は聞きたくない。だが、この痛い石を踏みつけていかないと、語りが先に進まな

い。

「竈のある土間から上がった四畳半から、ちょうど定六が降りてくるところだった。慌てた様子で、身なりを直しながら」

そこで岩末はぎゅっと口元を歪め、素早くまばたきをした。今も目の奥に残る光景を、素早く打ち消そうとするかのように。

「姉は腰巻きを剝《は》がれて、もう少しで尻まで見えそうなくらい、着物をひん剝かれていましたよ」

無体な目に遭わされたのは、疑いようがなかった。

「息が詰まったみたいに苦しそうで、あたしがいるのに気がつくと、ひきつけを起こしたみたいに泣き出しました」

お萬の腿は血だらけで、手のひらにも顔にも血がくっついていた。無惨なその姿を肩越しにちらっと見やり、にやにや笑いを口の端に引っかけて、定六はこう言ったという。

――ごちそうさん。思ってたより薄味だったぜ。

「確かにそう言い放ったのかどうか、実は確かじゃござんせん」

その一瞬で、岩末は頭に血が昇ってしまい、目先は真っ赤になり、耳は詰まったみたいになっていたから。

「けども、あいつの口元がそういうふうに動くのを、確かに見たような気がする」

——このくそ野郎。

岩末の分別と正気が消し飛び、総身に憤怒が溢れかえった。

「とっさに、あたしは台所にあった漬物石をつかんでた」

この頃になると、おふくろさんとお萬の女手二組の商いに幅が出て、煮物のほかにも和え物や漬物をこしらえて売るようになっていた。なかでも旬の野菜の浅漬けは評判で、

「漬ける野菜によって石の大きさや重さを変えた方が、もっと旨くなる。そう言って、いろんな漬物石を集めちゃあ、まめに洗って日に干して、きれいに使っておりました」

だから、台所まわりにはたいてい漬物石の一つか二つが転がっていた。

「そのとき、あたしがとっさにつかんだのは、形も大きさも砥石《とい し》ぐらいの鉛色《なまり》のやつで、握りやすかったし、振り回しやすかった」

それが幸運だったのか不運だったのかは、さておき。

「定六の野郎があたしの横をすり抜けて、小洒落た襟巻きをくるりと巻いて、へらへら笑いながら外へ出て行こうとしたとき」

岩末の鼻先に、ぷんと血が臭った。

——姉ちゃんの血の臭いだ。

そう思った。そして漬物石を振り上げた。

その先のことは、よく覚えていない。誰かの大声が聞こえ、後ろから羽交い締めにさ

れて我に返ると、岩末は土間の真ん中で定六に馬乗りになり、両の拳を血に染めて、その頭と顔を殴りまくっていた。

「定六は血まみれで、ご面相も定かじゃなくなってました。右のこめかみのところがべっこりへこんでいたなあ」

もちろん、くそ野郎は事切れていた。顔のまわりに散らばった白い欠片は定六の折れた歯で、それよりも大きな鉛色の破片は、おふくろさんの漬物石が欠けたものだった。

「無我夢中のうちに、石がそんなになるまで、あたしは定六を殴り回しちまったんで。いつ石が欠けたのかも憶えちゃいませんが、粘りのあるいい石だったんでしょう。そうでなけりゃ、十三になりたての小僧の力だけじゃ、あれほどのことはできゃしません」

「こ、小僧っこの腕ってものは」

どうしておいらがつっかえるんだろうと訝《いぶか》りつつ、富次郎はつっかえつっかえ言った。

「大人の男の腕よりも、しなるんですよ。だから、意外と力が入る」

「そんなもんですかねえ」

応じる岩末の口調は平べったい。

「まあ、定六は小柄だったんで、小僧のあたしでも、いい具合に急所に手が届いたってことはありそうでござんすが」

富次郎は土瓶の中身を二つの湯飲みに注ぎ分け、岩末にも手渡した。茶ではなく白湯だった。喉に優しい。

「あたしを羽交い締めにしていたのは、長屋の隣に住んでいた猪吉《いきち》っていう駕籠《かご》かきでした」

大男の猪吉でも、そのときの岩末を押さえるのは一苦労だったらしく、大汗をかいていたという。

「それからすぐと、店子仲間の誰かが報せてくれたのか、岡っ引きの親分が駆けつけてくれたんでさ」

そう言って、岩末爺さんは素早く上目遣いに富次郎の顔を見た。

「今この界隈を縄張《しま》にしてるのは、紅半纏の半吉《はんきち》って親分でしょう」

三島屋がお世話になっている親分だし、富次郎も何度か会ったことがある。信頼できる、いい岡っ引きだ。

「うちのこの騒動のときの親分は、半吉親分とは何の関わりもございません。なにしろ古い出来事ですから、赤の他人で。三島屋さんがどのくらい半吉親分と親しいかわかりませんが、先に言っときます」

なぜ岩末爺さんがこんな断りを入れたかと言えば、

「押っ取り刀で来た親分は、姉ちゃんを店子仲間に預けて匿わせて、あたしには井戸端で血を洗ってこいって言いつけて、そのあいだに猪吉さんに手伝わせて、うちのおふくろが爪に火を灯すようにして貯めてた有り金を全部、探し出させてさ」

それをそっくり、自分の懐に突っ込んだ。

「で、言ったんでさ。この金は空き巣に盗られたんだって。空き巣が逃げようとするところに、たまたま煮物を買いにきた定六と鉢合わせしたもんで、定六は気の毒なことになっちまった、とね」

——岩末、おめえもお萬も出かけていた。帰ってきたとき、おめえは盗人が逃げて行く後ろ姿だけをちらりと見た。ぼろぼろの綿入れに股引の痩せ男で、ひどいがに股だった。あんまりひどいがに股なんで、カニみたいに横歩きしそうで、それに目を奪われて、ほかのことは覚えちゃいねえ。

「誰に何を訊かれても、それだけ言えばいい。ほかのことは何にも答えるな。おまえはバカなんだから、バカのまんまでいろって」

言われたとおりにしていたら、それで事は収まってしまったそうである。

「定六に入れあげていた長唄のお師匠さんには恨まれるかと思ったけど、いざ野郎が死んでしまうと、お師匠さんも目が覚めたのかね。あるいは、内心では野郎を持て余していたのかもしれねえ」

意外に、責められることはなかった。定六が人別検《あらた》めに記してもらったことは全てデタラメだったらしく、差配人にも岡っ引きの親分にも、身内の誰かを探し出す伝手《つて》がなかったから、亡骸は無縁仏として投げ込み墓に葬られた。お師匠さんが、線香代くらいは包んだらしかったが。

「あたしは、おふくろにも、本当に起こった出来事をしゃべらなかった」

相手が誰であれ、一人に話せば、傷んだ麻袋が小さな穴の縁から裂けてしまうように、本当のことがざらざらと口から流れ出てしまいそうだったから。

「姉ちゃんとも話さなかった。訊かれても、親分と擦り合わせた作り話しか言わなかった。姉ちゃんは貝みたいに押し黙って、亡者みたいにぼうっとしてたし、おふくろも何かしら察したらしくて、問い詰めたりしなかった」

だから、親分の言うとおりにして全てに蓋《ふた》をしておけば、きっともとの暮らしに戻れると思った。

「それがいちばんだ、って」

富次郎はゆっくりとうなずいた。それがいちばん。確かに。

御定法に則ってはいないが、その岡っ引きがつけてくれた後始末は、当時で考えられる限り最良のものだったのではないか。くそ野郎はあの世に行き、岩末小僧は罪に問われることなく、お萬が無体を受けたことは、ごく内々の者にしか知られずに済んだ。

「そんでも、やっぱり――めでたしめでたしとはいきませんでね」

しわがれた声で、岩末は続けた。

「二月になると、姉ちゃんがふっつり家出しちまったんです。二晩も帰ってこなくって、三日目の朝に、大川の百本杭に引っかかっているのが見つかりました」

お萬は、川に身を投げて死んでいた。

富次郎はおかしな唸り声をあげそうになるのをこらえて、強く口を結んだ。岩末爺さんが乾いた咳をするので、くちびるをへの字にしたまんま、湯飲みに白湯を足してやった。

そして自分も白湯でくちびるを湿した。ほんのりとしたその温かみに、喉が詰まった。

「き、気の毒に」

富次郎の声は震えた。爺さんはいたって落ち着いた様子で、白湯で喉をゆっくりと潤すと、続けた。

「結局、煮売り屋は閉めることになっちまいました。おふくろは、世話してくれる人がいて、日本橋の大きな商家の台所女中に住み込んだ。いいお店で、それで暮らしが落ち着きましたよ」

一人になってしまった岩末小僧も、

「差配さんの口ききで、長屋の近所にあった錠前屋に、やっぱり住み込みで奉公が決まったんでさ」

その錠前屋には、それまでにも、お駄賃をもらえる雑用を頼まれたことがあった。

「世話好きな親方に、もうおふくろの店はねえんだし、おまえも本気で錠前職人になれって勧められましてね。親方はあのころまだ三十半ばで、おかみさんとのあいだに四人も子供がいたんで、あたしも最初のうちは子守奉公みたいだった」

錠前屋は繁盛していたし、にぎやかで楽しい一家で、不幸な経緯《いきさつ》で母と姉と別れてしまった岩末を優しく受け入れてくれた。

「十八になるまで、そこでお世話になりました。有り難いばっかりで、不満なんか持ちようがありませんでしたよ」

ただ、この錠前屋も当然のことながら、神田明神のお膝元にあったわけで。

「それだけは、困ったもんでした。なにしろあたしは人殺しだからね」

両手を血に汚し、顔にも身体にも返り血を浴びて、それなのに御定法によって罰されることもなく、まっとうな人たちにまじって暮らしている。

「知らぬ存ぜぬ顔をしていても、神様はご存じだよ。あたしの所業をご存じだよ。肩揚げがとれたばっかりの小僧の身で、両の拳を血で染めて、人を殴り殺した。根っからの人でなしだ。そんなあたしを放っておいてくださるわけがねえって、いつも思ってた」

神田明神は、町家に比べて高いところにある。まさに、天から見おろしておられる。

「この界隈に住みついて商いをしていたら、明神様のおそばを通らずにいられるわけがねえ。そのたんびに、あたしは首筋がひやひやしたもんだ」

公方様がひれ伏して尊ぶほどの強い神様が、あたしを睨み据えている。けっして許していただけるわけがない。

「いつかきっと、あたしにとっていちばん辛い形で神罰を喰らうんだ。そう覚悟しておりました」

だから岩末は、親方一家とのあいだにも線を引いて、けっして深く親しもうとしなかった。友達も仲間もつくらなかった。自分の楽しみになることは一切受け付けず、酒にも博打《ばくち》にも手を出さない。もちろん、女っ気も寄せ付けなかった。

「変わり者だと思われていて、ちょうどよかったんでね」

ここまで耳を傾けてきて、どうしても胸に疑問がつかえてしょうがないから、富次郎はつと手をあげて岩末爺さんを遮った。

「こっちからお尋ねしてようございますか」

心の臓がどきどき打っている。

「えっと……汚い言葉だけど、その定六って遊び人はくそ野郎で、そいつの方こそ人でなしじゃありませんか」

お萬を手込めにして、貶《おとし》めて、バカにしたようなことを言い捨てて、へらへら笑って、慌てて逃げるわけでもなく、襟巻きなんか巻き直しやがって。

「あんたは、姉さんの仇を討ったんだとは思わなかったんですか。定六なんて野郎はやっつけてやってよかった、その方が世の中のためだとは思わなかったんですか」

言葉に熱が入り、声がちょっと裏返った。

岩末爺さんは、黙って富次郎の顔を見ていた。それから、うつむいて己の両手に目を落とした。まず手の甲を。それを返して手のひらを。じっくりと検分するように。

「若旦那がおっしゃるようなことを、あたしも考えてみたもんです」

一度や二度じゃない。何度も何度も、自分の心に言い聞かせてみた。

「たった一人だけ、その場を目にしてた猪吉さんにも、同じように言われたことがありましたしね」

——定六の野郎こそ、天罰で死んだんだ。あれでよかったんだよ、岩ちゃん。

「だけども、それは嘘だ」

こっちに都合のいい、言い逃れに過ぎない。

「そんな理屈じゃ、あたしがやったことは帳消しにならねえ」

富次郎は苛立《いらだ》った。どうしてそんなに後ろ向きに、自分のことばかり責めるんだろう、人が好すぎやしないか、この爺さんは。

「もしかしたら、わたしらが端くれの氏子として拝んでいる神様は、とっくの昔に岩末さんを許してくださってるかもしれませんよ」

思い切って強い声を出し、そう言ってみた。

「大己貴命──だいこくさまの、因幡《いなば》の白ウサギの昔話をご存じでしょう。皮を剝がれて苦しんでいる白ウサギを、優しく手当てした神様なんですよ。白ウサギが鮫《さめ》を欺したからいけなかったのに、だいこくさまは白ウサギをお見捨てにはならなかった」

岩末爺さんは黙っている。まったく、頑《かたく》ななんだから。

「もう一柱の、平将門命はいかがです？　武人ですよ。都から虐《しいた》げられてきた東国の民のために立ち上がり、身命をなげうって闘ったお方です。弱きを助け、強きをくじく。お萬さんを助けようとした岩末さんの想いをお認めくださることこそあれ、罰を下すなんて、わたしにはとうてい思えませんがね！」

一息、二息、三息つくほどの沈黙。

岩末爺さんは、真っ直ぐに富次郎を見つめて、穏やかな声音で言った。「だけどあたしは、姉を助けられませんでした」

「そ、それは」

「半端に助け損なって、むしろ姉を身投げに追い込んじまった」

そうとは限らない。岩末が漬物石をつかんだその刹那には、先のことはわからなかった。

そう言い張ろうとする富次郎を遮るように、

「人殺しをかばう理屈なんてねえんだよ、若旦那」

あの、人のものではないような眼になって、岩末は言った。一瞬、富次郎も圧されて、

――これだ。この眼。

これがあるってことは、本人が言うとおり、この人は人でなしなんじゃあるまいか。

そう思ってしまいそうになる。「わたしは若旦那じゃなくて小旦那ですよ」と、いつもの混ぜっ返しを口にする余裕もない。

「それは、人を殺したことがある者でねえと、わからねえ」

錠前直しの爺さんと、袋物屋の小旦那は睨み合った。

しばらくすると、岩末爺さんの方が先に目をそらした。なのに、富次郎はこっちが押し負けた気がした。わからねえと言われたらどうしようもねえ。ちくしょうめ。

気詰まりな沈黙に、爺さんはぐすんと鼻をすすると、

「先を続けてもいいですかね」

富次郎は変わり百物語の聞き手だ。語り手が語るなら、聞き続けねばならない。

「ええ、お願いします」

岩末爺さんは身じろぎして座り直した。

「ええと……どこまでしゃべりましたっけね」

一度、二度と目をしばしばさせる。

「ああ、そうだ。これを言わないといけない。あたしが十八のときの夏の初めに、両国

広小路の見世物小屋のひとつに盗人が入りましてね。木戸銭を盗もうとして捕まったんですが、そいつが、ひどいがに股だっていうんですよ」

何の話かと当惑したが、ひどいがに股か。それは、岩末の人殺しの罪を隠してくれた岡っ引きがでっち上げた盗人の特徴である。

富次郎の心は、新しい知見にぴりりとした。

「それは、たまたまじゃありませんね。そのがに股の盗人は、何年も前から手配されていて、神田の岡っ引きの親分も、その特徴をご存じだったんでしょう」

だから、岩末とお萬の不幸な事件を帳消しにする際に、その特徴を利用したのだろう。

「ええ、そういうことだったんでしょうよ」

岩末爺さんはうなずき、口元をえぐるみたいにひん曲げた。

「実際、これまで数えきれねえほど盗みを働いて、いろいろなところで見咎められて、人相書きも回っていた。そんな野郎だったそうですよ。問答無用で伝馬町の牢屋敷に放り込まれて、吟味も何もあったもんじゃねえうちに、囚人どうしの苛《いじ》めで殺されちまいました」

死人に口なし。今度こそ、めでたしめでたし——とはいかなかった。

「あたしは、いっそう自分の罪が重なったように感じたんでさ」

がに股の盗人は、他に何をしていようが、定六殺しだけはしていない。それは濡れ衣だ。

「けちな盗人に濡れ衣を着せて、口をぬぐって涼しい顔をしている、この岩末って野郎こそが人でなしの鑑《かがみ》だってね」

思えば思うほどに胸が塞がり、朝起き上がるのが辛くなり、夜は眠りが浅くなった。どこまでもお人好しだ。富次郎は歯がゆくて、何だか身もだえしそうになる。どうしてあんた一人でそんなに抱え込むのさ！

「錠前屋の親方とおかみさんは、そんなあたしを見かねたんでしょう」

――やっぱり、悲しいことがあったこの界隈に住み続けるのは辛いよね。

「夫婦で相談して、牛込で商いをしている知り合いの錠前屋のところへ、あたしを修業に出してくれることになりました」

――達者でね。困ったことがあったら、いつでもまた頼ってきていいんだよ。

「十九になった正月明けに、あたしは牛込へ移りました。その前に、ちょこっと顔だけ見せて挨拶したのが、おふくろとも最後になっちまったんですがね」

このとき、もう一つの最後として、

「――牛込に移るその日の朝に」

夜明けを待って、岩末は、神田明神にお参りに行ったのだという。

「畏れ多くて、正面の参道は通れません。裏参道のあの石段を上がろうとしたんだけど」

いざとなったら、膝が震えて脚がわななき、どうしても、一歩も上ることができなかったそうである。

「罪人だからね、あたしは」

氏神様には近寄れない。

「骨身にしみて、よくわかりました。怖くて怖くて、その場から逃げることもできねえ。棒っきれみたいに突っ立ってたら」

裏参道の石段の上から、何か小さなものが、かちん、こちんと転がり落ちてきた。

「あたしの足元まで転がってきました」

石段の上にも、岩末のまわりにも人気《ひとけ》はなかった。誰もいなかった。

かちん、こちん。

濃い朝焼けが、東の空を染めていた。紅色の薄明かりの下で、転がり落ちてきたものが何であるかを見てとると、

「あたしはその場で平伏して、額を石段のいちばん下の地面にこすりつけて」

何を詫び、どう願ったらいいかもわからぬまま、「あいすみません、あいすみません」と、岩末は繰り返した。泣くような声で繰り返した。

「それから、落っこちてきたものを拾って帰って、とっとと神田の町筋を離れました」

いったい、何が落ちてきたのか。

「石ころでさ」

礫《つぶて》と言ってもいい。拾って投げつけるのに、ちょうどいい大きさ。

「角がなくて丸いんだけど、鏃《やじり》のように見えなくもねえ形で」

色は鉛色だった。

「あたしが定六を殴った、あの漬物石と同じ色でござんすよ」

これがお告げだ。そう思った。

氏神様はお怒りだ。俺は許されねえ。

それでも、いや、それだからこそ、つと目を上げれば神田明神の大鳥居が見えるところから離れたのは、当人が思っている以上に、岩末にとってはいいことだった。

「牛込へ移って……こつこつ暮らすうちに、何も忘れやしないけど、生きやすくなりました。それでいいわけはねえんだけど、何となくいいように、自分をごまかしてね」

語る岩末爺さんの横顔に影がさす。

＊

お萬の死から、三十年の歳月が経った。

四十三歳になった岩末は、長屋の四畳半の格子窓から、ちらちらと舞い落ちる小雪を見やった。雲は厚いが、空は明るい。こいつは通り雪で、おっつけやむだろう。出商いに、笠を着けてゆく必要はなさそうだ。

岩末が十九歳で修業に入った錠前屋〈とらかま〉は、牛込の古着店《ふるぎだな》の南の端っこに看板を揚げている。牛込の町には、昔から古着屋が多かった。軒を連ねていると、古着を売り買いするお客が、店から店へと選り歩くのを楽しみにして来てくれるもんだから、なおいっそう古着屋が集まってきて、いつしか古着屋ばかりの町筋が出来上がってしまった。

それが古着店である。〈とらかま〉は、そのなかで一軒きりの畑違いの店だった。広さはそこそこあるものの、こけら板葺《いたぶ》き屋根の粗末な貸家だ。風通しが悪くて古着商いに嫌われたのを、先代が安く借り受けたのが振り出しだったらしい。

岩末はこの店で親方の下につき、真面目に修業を積んだ。もともと手先は器用だったし、なるべく人と深く関わらずに生きていきたい岩末には、口数が少なかろうが愛想が悪かろうが、腕さえよければそれでいい錠前直しの仕事は向いていた。

二十八歳のとき、隠居する親方夫婦から、一人娘と夫婦になって後を継いでくれないかと水を向けられたが、岩末は丁寧に詫びを入れて断った。そして、服部坂から牛込の町一帯を縄張《しま》にする代わりに、出商いの錠前直しで得た上がりの三割を〈とらかま〉に納めるという約束を取り付けて、独り立ちした。

以来ずっと、牛込馬場のそばにある長屋で一人住まいをしている。寂しいとか、不便だとか思ったことはない。バカだから風邪も引かないし、道具箱を背負って歩き回る商いだから、足腰は丈夫だ。

あいにく、まだ死にそうにない。

生きているなら、今日も稼ぎに出るだけだ。岩末は、軽い杉板で作られた道具箱を担ぎ上げた。中身は錠前直しと掃除用の工具と、細かな部品だ。こっちはほとんどが金物だから、ずっしり重たい。ぼろ布を筒に縫って綿を詰めた肩掛けは擦り切れやすいので、季節ごとに取り替える。

神田の町筋を離れ、夢のなか以外ではお萬の泣き顔を思い出さなくなって、もうずいぶん経った。それでも、岩末は一日だって忘れたことはない。

俺はいつか、神罰を喰らう。

それがどんなふうにやってくるのか、土塊《つちくれ》みたいな人の身である岩末にはわからない。疫病にかかってのたうち回るのか、火事で煙に巻かれるのか。大水に呑みこまれるのか、他人に恨まれて刺されるのか。

わかっているのは、どんな死に方をしようとも、それが神罰であるということだけだ。

たった十三のガキの身で、岩末は人を殺した。くそ野郎だったけれど、定六というぴんしゃんしていた男の命を奪った。それほどの罪に手を染めたのに、お萬を助けることもできなくて、結局は死なせてしまった。挙げ句に、どこの誰とも知らぬけちな盗人に、定六殺しの濡れ衣を着せた。

これでもかってくらいの、悪事の上塗りだ。それでも俺は生きている。風邪ひとつ引かずに達者でいる。こういうのを生き地獄、生かされ地獄というんじゃねえのか。

いっそ定六が亡者になって現れて、俺を祟り殺しちゃくれまいか。それなら手っ取り早くて助かる。だが、「助かる」なんて甘いことを考えるのがいけないのか、亡者の「も」の字さえ感じないまま、幾年《いくとせ》も過ぎてきた。

おふくろもとうにこの世を去り、たまにお萬と一緒に夢に出てくる。お萬は泣いていて、おふくろがその肩を抱きしめている。おふくろは恨みがましい目つきで岩末を見ていて、今にも何か難詰してきそうだ。

お萬が一人で夢に出てくるときは、最初から悲鳴をあげている。助けて、いわまつ、助けてぇえええ！　と泣き叫びながら、真っ暗な波間からこっちに手を差しのばしてくるのに、岩末はどうしてもその手をつかむことができない。身体が動かないのだ。

そこで、汗びっしょりになって目が覚める。

首元を探ると、細い紐が指にからまる。紐には小さい巾着が結びつけてあり、そのなかには、あの朝、神田明神の石段を転がり落ちてきた石ころが——鏃に似た形の礫が入れてある。こうやって身に着けて、寝るときも肌身離したことはない。

——俺は、許されない。

それでも、所詮は夢だ。覚めてしまえば、身体に害があるわけじゃねえ。飯も食えるし、茶も飲める。その日の商いに出て、客にお愛想も言えれば、「岩さんの仕事は丁寧で助かるよ」なんて愛想を言われることもある。

岩末は生きており、暮らしている。それがいつ、どんな形で断ち切られるかわからぬまま、平穏で楽しい日もあって、旨いものが口に入るときもあって、まわりの人びとの笑顔が嬉しい朝があって、お天道様の温もりが優しい昼があって、疲れた手足を伸ばして寝床に入るのが嬉しい夜がある。生かされ地獄であっても、うっすり笑えるときもある。

そんな自分を、浅ましいと思う。

俺は、過去の罪を一日だって忘れちゃいないんじゃねえ。すぐ忘れちまおうとするから、毎日思い出し直してるんだ。

いつもの習いで、出商いの前には〈とらかま〉に寄り、朝の挨拶をする。岩末なんかより百倍もいい男でまっとうな錠前職人を婿にとった一人娘は、今では五人の子持ちで貫禄のあるおかみさんになっている。店はいっそう繁盛しており、いつ見かけても忙しそうだ。

「おはよう。あ、そうだ岩さん。お近婆《きん》ちゃんが、ちょっと手伝ってほしいって言ってたから、顔を出してあげてよ」

「あい、心得ました」

返事をして、岩末は古着店の端っこへと足を向けた。

お近という婆さんは、本人が歳を忘れちまったほどの年寄りで、親も亭主も子も孫たちもどんどん先立っていってしまい、岩末が憶えている限りでは、もう十年は一人住まいをしている。往時は一家で盛んに古着売りをしていたのだが、人手を欠いてゆくに連れて商いが雑になり、婆さん一人になってからは、古着屋としてはまるで役に立たなくなってしまった。

それでもお近婆さんの暮らしが成り立っているのは、この小さな店が、古着店の他の店ではごみにしかならないボロを集めて、焚《た》き付けとして地元の湯屋に売っているからである。いくらボロでも元は着物や帯だったものだから、いきなり焚き口に放り込んだって、景気よく燃えてはくれない。縫い目をほごして平らにしたり、ひどい汚れは落として、湿っていたら乾かしてやる手間がかかる。それが婆さんの飯のたねになっているのだった。

岩末は、この独りぼっちの婆さんだけは、どうにも放っておけなくて、たまに顔を出しては細かい用事や力仕事に手を貸してきた。婆さんの方からもあてにされていて、こうして呼ばれることがある。いつも無料《ただ》ではなく、婆さんがこしらえた、雑穀混じりだが塩気だけはたっぷりの握り飯が手間賃だ。

「おはよう。どうかしたかい」

お近婆さんの店であり住まいである小さな貸家は、竈と水瓶のある土間を除くと、小上がりの三畳間も奥の板の間も、山のように積み上げたボロに占められており、婆さんは一年中そのなかで寝起きしている。

今朝は冷え込んでいるから、婆さんはかい巻きや綿入れ、薄べったい古布団なんかの山のなかに入り込んでいた。岩末の声を聞くと、そこから頭だけひょこんと覗かせて、

「寒いねえ」

「雪だからな。竈に火を入れて、湯を沸かしてやるよ。何度もきいてる気がするが、火鉢は持ってねえのかい」

「このボロの山のどっかに埋もれてる」

岩末が湯を沸かし、婆さんの昨夜《ゆうべ》の飯の残りだという雑炊を温めるうちに、婆さんももそもそ起き出してきた。

「ふかし芋があるんだ。雑炊のなかに入れちまってよ」

「甘くなるから嫌だよ」

岩末は、雑炊鍋のまわりに芋を並べて温めた。芋の皮が焦げて、いい匂いがする。一緒に食べると、婆さんは喜んだ。「ホントだ、別に食べた方が旨いね」

「婆さんは大雑把すぎるんだよ」

血まみれの人殺しのガキが不惑を過ぎた男になるまで生き延びて、長生きしすぎて血縁の皆から置いてきぼりをくらった婆さんと、貧しい朝飯を分け合っている。こけら板の隙間から、ときどき小雪が舞い込んでくる。

腹が温まると、お近婆さんは、あらかた歯が抜けてしまった口で、もごもご言い出した。「岩さんもさ、あたしのことボケてると思ってるだろう」

「他のみんなほどには、思っちゃいねえよ。婆さんはちゃんと銭を数えられるだろ」

「そしたら、笑わないでおくれよね」

あれなんだけどさ――と、婆さんは三畳間の一角を指した。ボロ着が小山になっている。

「昨日の夕方、初めて見るお客が持ち込んできたんだ。うちに持ってくるにしちゃあ、品《しな》がいいんだけどね」

何だか薄気味悪いんだ、と言う。

「触ると気持ち悪いんだよ」

「汚れてるのかい」

「いんや。しみとか見当たらないけど、ただ気持ち悪いんだ」

女の着物と、女の子の小袖。帯はなく、あとは男物のお仕着せが何着か。こちらには屋号も文字もないという。

「岩さん、ちょっと見てみてくれないかね」

頼まれるままに、岩末は件《くだん》のボロ着の小山を崩して、着物や小袖を広げてみた。

――いっぺん洗ってあるな。

手触りでわかる。ぞんざいだが、水をくぐらしてある感じだ。お近婆さんにはわからなかったのかな。

よっぽど汚れていたので、古着屋に売る前に水洗いしたか。しかし、お仕着せの方は違った。袖口に食べこぼし、裾には泥跳ねや雨粒の跡が残っている。衿《えり》にも袖にもお店やお屋敷を示す印がないのは、仕立てたものをそのまんま買ってきて、奉公人に着せていたからだろう。名入りお仕着せを作るほどの余裕がない（もしくはそんな費《つい》えをしたくない）商家や武家屋敷では、珍しいことではない。

丸い元禄袖が可愛い女の子の小袖は麻の葉柄……布地は結城木綿じゃないか。大人の女の一人前の仕立てである着物の方は銘仙で、藍色と煤竹《すすたけ》色を組み合わせた市松模様だ。贅沢《ぜいたく》品ではないが、ちょっとした外出着にはなる布地である。

ただし、くたびれ具合から推して、だいぶ古いもののようだ。大事に着ていた様子はなく、擦り切れたところはそのまんま、継ぎ接ぎの跡は見当たらない。

岩末は立ち上がり、もっとよく検めようと、女物の銘仙をさらりと広げてみた。

そのとき。

——血の臭いだ。

三十年も昔の記憶が蘇り、押し寄せてきた。

——姉ちゃんの血の臭いだ。

女の血の臭いだ。

驚きのあまり、岩末はお化けにでもまといつかれたかのように、銘仙を振り払った。

お近婆さんが不安そうにこっちを見る。

「どうしたのさ」

「な、なんでもねえ。今日は手がかじかむなあ」

ごまかしておいて、岩末は銘仙の襟元をつかんで拾い上げ、ぱっと広げてから、手近にあった衣桁《いこう》に掛けた。往時のなごりの衣桁で、今はめったに使われることがない。

「少し風にあてりゃあ、何も気にならなくなるさ」

「そうかねえ。これ、焚き付けにしちまうんじゃもったいないから、誰かに預けて売ってもらおうかねえ」

岩末は検分を続け、お近婆さんは足の踏み場をつくろうと、その場を片付け始めた。

女の子の小袖からは、血の臭いはしなかった。お仕着せも同じだ。ただ、婆さんが気持ち悪がる理由はわかった。触ると、妙に冷たいのだ。もちろん小雪が降る日和なのだから、何に触ったって冷たいに決まっているのだが、これらの古着の冷たさは、それとはまったく違う気がした。

——亡骸の冷たさだ。

岩末は、おふくろさんの死に目に会っていない。一人住まいを貫き通してきたから、これまで親しい人の臨終に立ち合い、死に水を取るようなこともしていない。

岩末が知っている亡骸の冷たさは、あの日、大川の百本杭から引き揚げられた、お萬のそれだけである。

指がしびれる。背中が寒い。

もったいない気がしても、この気持ち悪い古着に妙な色気は出さず、素直に焚き付けにした方がいい。ボロ着の山のなかに膝をつき、広げた小袖をたたみ直して、婆さんにそう声をかけようとしたとき。

(助けて)

岩末は耳元で囁《ささや》きを聞いた。

(助けて。子供を助けて)

岩末は固まった。

誰かが、俺の腕をつかんでいる。

背後から、縋《すが》るように。岩末の右の二の腕をつかんでいる。

首の骨が軋む音がしそうなくらい、ゆっくり、ゆっくりと、岩末は肩越しに背後を見た。

衣桁に掛けたあの銘仙の右袖から、真っ白な女の腕《かいな》が伸びていた。うっすらと、半分は透けている。それでも、その腕が痩せているのは見てとれた。

（すみちょう）

岩末の耳元で、女の声がまた囁く。今にも消え入りそうな、苦しげな声だ。

（うこん色の、さかさふじ）

（お願い、助けて）

それだけ囁くと、息が絶えてしまったみたいに、女の声は消えた。真っ白な腕もかき消えた。

＊

「あたしは、けっして寝ぼけてたわけじゃござんせん」

寝床の上で背中を丸め、岩末爺さんは淡々と語り続ける。

「あたしが見たものを、お近婆さんは見ていなかった。だけども、あれは夢なんかじゃあなかった。あたしは確かに見たし、女の囁く声を聞いた」

――そんなら、俺は気が触れちまったのかもしれねえ。

三十年間、どんな形で神罰を喰らうのか考え続けてきた。ずるい了見だが、いっそ定六が亡者になって出てきて取り殺してくれねえか、なんてことまで考えた。

「だもんで、別の亡者を呼び寄せちまったのかもしれねえ。どっちにしろ、ろくなもんじゃねえけど」

「それで、あなたはどうなさったんですか」

話の先が聞きたくて、富次郎は急かすのに、岩末は小憎らしいほど落ち着いている。

その目は、赤ん坊みたいに澄んでいる。

「……調べてみたんでさ」

古着店は、古着屋ばかりが集まって、長いこと助け合って繁盛してきた。何かわからないことがあれば、誰かしらに教えてもらえる。誰かしらが知っている。

「目立たねえようにしないとならなかったから、一月《ひとつき》近くかかっちまったけど」

あらかた突きとめたころには、梅の花が盛りを過ぎていた。

「すみちょうってのは、〈炭蝶〉という字を書く炭問屋でしてね」

お店は市ヶ谷柳町にあり、近隣のお寺や武家屋敷を得意先にして、かなりの身代を誇っていた。蝶はこの商家にとって縁起ものであるらしく、だから屋号にも使われている。

「だから、炭蝶のお店者や奉公人たちは、ちゃんと蝶の意匠をあしらったお仕着せや印半纏を着ております」

ならば、無地のお仕着せは炭蝶のものではないのか。岩末が女の囁きを聞き誤ったのだろうか。

「だけども、いろいろ聞いていくうちに、炭蝶は他所に寮を持っているというんで」

寮とは商家の別邸である。隠居所として使われることもあるし、病気になった家人や奉公人を療養させる場となることもある。

「それと……炭蝶は金持ちだし、代々の主人は目から鼻に抜けるような聡《さと》い商人だし、美人のおかみさんをもらうしで、いい事ずくめだっていうんですがね」

ただ一人、今の主人の弟で、名を光二郎《みつじろう》という人物には、よくない噂があった。

「肺を病んだとかで寮に移って、もう二十年ばかり姿を消している。死んだという話は聞かねえ。生きていれば四十前後だけれど、もともと行状がよろしくなかった」

どうよろしくないのかと言えば、裕福な商家によくいる放蕩息子という意味ではなく、

「まず子供のころから、犬猫を苛める癖があったんだそうで。年頃になって色気づくと、手習所の習子《ならいご》仲間の女の子や、年若い女中に手を出すようになって」

父母が叱ってもきかない。土地の名主に出張ってきてもらい、勘当証文を楯にして説教すると、その場は畏れ入るが、すぐと元の木阿弥《もくあみ》に戻ってしまう。

聞きながら、富次郎は身震いした。深く考える以前に、言ってしまった。「定六と同じようなくそ野郎だったんですね？」

この勢いに任せた問いかけに、岩末爺さんは返事をしなかった。かわりに、こう言った。

「光二郎さんがお店から寮に移って姿を消す以前に、炭蝶じゃあ、祝言を目前にしていた三男坊の縁談が壊れるという不幸があったそうなんで。それが……どうも光二郎さんのせいだったらしい」

次男が三男の許婚《いいなずけ》に手を出したのだ、と。

「くそ野郎でございますね」と、富次郎は言った。

岩末は赤ん坊のような澄んだ目のまま、黒白の間の天井の角を仰いでいる。心がふわふわと、回想のなかを泳いでいるのか。

「炭蝶の寮の場所を突きとめるのは、ちっと手間でござんした」

実は二ヵ所あったのだ。一ヵ所はお店からそう遠くはなく、先代夫婦が仲良く住まっていた。問題はあと一ヵ所の方で、

「炭蝶出入りの御用聞きたちから、どうにかこれを聞き出すために、あたしはなけなしの蓄えを吐き出す羽目になっちまったくらいでした」

しかし、それだけの甲斐はあった。

「原宿村を過ぎて、千駄ヶ谷も過ぎて、子供の足じゃあ一日かかる。八王子までは行かねえが、ぐるっと見回す限りには農家の一軒もねえ、武蔵野の薄暗い雑木林のなかでし

た」

もとは、地元の農家か地主の住まいだったのか、建物は古いが構えは大きい。横手に掘り抜き井戸があり、厠《かわや》と薪《まき》小屋が別にある。

煙突からは煙が立ちのぼっていた。藪に潜んで様子を見ていると、無印のお仕着せを着た若い男が、勝手口らしい板戸から出入りしている。

「誰にどう見咎められてもいいように、あたしは道具箱を背負っていました」

なかなか思い切りがつかなかったが、躊躇っていれば時ばかりが過ぎてしまう。

「お天道様が十分高くなったところで、むしろその方が妙に思われねえだろうと、ごくごく普通に雑木林を抜けて、ぶらぶら歩いて近づいてってみました」

件の屋敷からは誰も出てこない。格子窓や引き戸が動く様子もなかった。

「あたしは手ぬぐいで頰っかぶりして、何となく年寄りに見えた方がいいような気がしたもんだから、わざと腰を曲げ気味にしてね。よっこいしょ、なんて声をかけて道具箱を背負い直しながら」

屋敷の裏手に回ってみたところで、ハッとした。

「裏手の方は手入れが行き届いてねえから、藪が建物のすぐそばまで迫ってた。ごみや枯れ草も積もっていて」

そこに、一枚の畳紙《たとう》が落ちていたのだ。

「何の拍子でそんなところに落ちたもんか。どっかから風で飛ばされてきたのか、雨に濡れて泥がついて、傷んでました。けど、畳紙は丈夫だからね」

うこん色が褪せずに残っていた。さらに、上紙《うわがみ》に記された屋号らしい印も、ところどころ消えかけてはいたが、形はわかった。

「さかさふじでした。逆さ富士」

この畳紙で商いものを包んでいる、呉服屋か仕立屋の屋号だ。

岩末は、震える手でその畳紙をつかんだ。そっと手前に引いてみると、

「ちょうど畳紙に隠れる恰好になっていた建物の壁に、風抜きの細い格子窓が開いていたんでさ」

大き目の算盤《そろばん》くらいの格子窓だった。

「しゃがんで顔を寄せてみたけど、内側は暗くて何も見えねえ」

ただ、匂いがした。

「何か……味噌汁かなあ。食いものの匂いだって思ったんだ」

この内側に、人が住まう座敷があるのか。そう思って、さらに顔を寄せ、格子の隙間の暗がりに向かって、岩末は声をひそめて呼びかけてみた。

「お〜い、誰かいるかい」

返事はない。もう一度声をかけようと、いったん顔を引いたとき、格子の隙間をつか

むようにして、細い指が現れた。

声もなく、とっさに岩末も手を出して、その指に触れた。夢ではなく、幻でもなかった。目を凝らすと、指の持ち主の姿が、暗がりのなかにおぼろに見えてきた。

「小さい子どもの目が二組、並んであたしを見上げていました」

まわりを囲む雑木林と、わさわさと繁り放題の下藪のなかに潜んで、岩末は屋敷の様子を観察した。

屋号も印もないお仕着せを着た男は、最初に見かけた若い男のほかに、もう一人いた。こちらは三十半ばぐらいだろうか。固太りで重そうな身体つきだった。

若い方のお仕着せは、何だかにやけ顔をしていた。あの定六を思い出させる。二人がしゃべっている声を聞くと、若い男の浮ついたしゃべり方に、いっそうその感じが強まった。

ときどき場所を替えながら、ずっと観察していても、この二人のほかには女中や下男がいる様子はなかった。

ただ、この男たちの主人である人物――光二郎はいるはずだ。屋敷の内にこもっていて、外には顔を出さないのか。

――あの子らを助けるには。

最低でも三人の男たちと渡り合わねばならないことになる。できるだけ気づかれず、そっと逃げ出せればいいのだが、さっきの短い邂逅《かいこう》で知り得た限りでも、それはなかなか難しそうだった。

あの子らは女の子と男の子が一人ずつ。怯えきっている上に、痩せ衰えて弱っていたし、その月みたいに白い顔色からして、どうやら長いことあの屋敷の地下にある座敷に閉じ込められたままだったようで、言葉のやりとりがうまくできなかった。岩末も、男たちに見つかってはまずいから焦っていたし、かろうじて聞き出すことができたのは、

──牢のなかにいる。鍵がかかってる。

──弟は、あんまりうまく歩けない。

座敷牢か。弟は怪我しているのか、飢えてふらふらで、ちゃんと育っていないのか。どっちにしろ、抱きかかえるか背負って逃げることになるだろう。

子供らを守り、自分の身も守る。

──必ず助けに来るからな。

子供らの指に触れて、そう約束した。

闘わねばならない。

ここまでの人生で、岩末は取っ組み合いの喧嘩なんぞをしたことがない。定六を殺したあの所業だけで、自分にはもう十分だ。もしも殴り合いや刃傷沙汰に巻き込まれるこ

とがあったら、一切抗《あらが》わないと覚悟を決めて生きてきた。それで命を落とすなら、自分にふさわしい罰であり、犯した罪に見合った最期であると思っていた。

この歳になって、「三人の男と渡り合う」なんて、どうしたらいいのか見当もつかない。

とりあえず、重たい道具箱は置いていこう。屋敷から東側に雑木林を抜けてゆくと、どこに通じているのかわからないが、人に踏みしめられてできたらしい小道に行き当たった。近くの立木の枝に手ぬぐいを裂いたものを巻き付けて、そこの下草のなかに道具箱を隠すことにした。

座敷牢の錠前を開けるには、たいていの錠前破りに使える、短い千枚通しの先に小さい鉤爪《かぎづめ》がついたみたいなもの――〈とらかま〉では〈探り針〉と呼んでいる――が一本あれば足りる。こちとら、伊達に三十年も錠前直しで飯を食っちゃいねえ。これは帯の間に差してゆけばいいが、問題は武器になるものだ。

あいにく、鉈《なた》だの鎌だのの頼りがいのあるものは持ち合わせていない。屋敷の薪小屋に忍び込み、薪割りの手斧でも持ち出せれば少しは心強くなるか。

とはいえ、余計な物音をたてず、気づかれずに入って出られる方がいいに決まっている。死ぬか生きるかの闘いをせねばならなくなってしまったら、多勢に無勢で（しかも歳がいっている）岩末は、まるっきり不利だ。

どうしても闘わねばならなくなる寸前まで、得物を持っていることは悟られぬ方がいい。そして、闘うならば先手必勝。それ以外の道では、岩末には一分の勝ち目もない。

さて、どうするか。

無い知恵を絞って思いついたのは、よろずに使い道があるから道具箱に入れておいたたこ糸の両端に、細刃の引き鋸《のこ》と錐《きり》を一本ずつくくりつけ、そのたこ糸を首にかけて、引き鋸と錐を筒袖のなかに隠すことだった。得物を使わざるを得なくなったときには、筒袖からさっと引っ張り出せばいい。

男が身に着ける小物に、袂落としという袋物がある。洒落たものだから岩末なんぞには縁がないが、出商いの先で、お客が使っているのを見かけたことはあった。それがこの仕組みで、左右の袖のなかに紐でつないだ巾着を落とし込んで使うのだ。岩末が着ているのは仕事着の筒袖だから、普通の着物の袂に仕込むよりは窮屈だが、隠すのが巾着ではなく鋸と錐なので、何とかなった。

支度を済ませると、日が暮れるまで忍の一字で待った。竹筒の水筒と握り飯を持参していたので、決行のときのための腹ごしらえもした。冷たい握り飯を口に押し込んでいると、緊張で吐き戻しそうになった。

陽が落ちると、煙突から出る煙が濃くなった。飯を炊いているらしいのは、匂いでわかった。あの姉弟が押し込められている暗がりに匂った味噌のもとは、二人がいつ食わせてもらった飯だろう。朝夕、食事をもらえているのだろうか。ちゃんと養ってもらえているのだとしたら、それは何のためだろう。

――子供を助けて。

瘦せこけた真っ白な腕だけだった亡者の女は、あの姉弟の母親なのだろう。母子三人で光二郎にさらわれて、閉じ込められていたのだとは考えにくい。光二郎の過去の悪行の対象が若い娘だったことから推せば、あの母親も少女のころにさらわれて、この屋敷の囚われ人となり、何年も何年も光二郎の玩具《おもちゃ》にされた結果、あの姉弟を産んだのではないか。だとすれば、子供らが言葉をよく知らず、やりとりがおぼつかなかったのも得心がゆく。

――たぶん、あの子たちは外へ出たことがねえんだ。

一人で考えていると、悪い方にばかり想像が及んで、いっそう身体が冷たくなった。良いことを考えよう。つるつると上手くいって、万々歳になることを。

段取りはこうだ。屋敷に入り込むには、建物の裏手にある押し開け窓を使う。ずっと観察しているあいだは、一度も開け閉《た》てされることがなかった。近寄って具合を見てみると、この窓のちょうつがいが壊れており、窓枠をつかんで軽く揺さぶると、そっくり外れてしまうことがわかった。だから開け閉てできないのだ。

拳大ほどに開けて、その隙間から覗いてみると、内側は物置のようで、木箱や藁苞《わらづと》が積み上げてあり、古い座布団の山と、壊れた行李《こうり》がいくつも転がっていた。

よし、よし。ここから入って地下の座敷牢へたどり着き、子供らを連れ出して、また押し開け窓に戻ってくる。踏み台にするものには事欠かなそうだから、姉弟を外へ押し出して、あとは三人で闇に紛れ、道具箱を隠したあの小道へと突っ走るだけだ。

このあたりでは、どこで時の鐘を打っているのか、他所者の岩末は知る由もなかったが、昼間のうちはほとんど気にならなかった鐘の音が、夜更けになると妙に近いところで聞こえてきた。

夜の四ツ（午後十時）を過ぎるまで、屋敷のなかではあちこちに灯がともっていた。雑木林の闇の奥で輝く灯火は怪しい。もしも、こんな時刻にここを通りかかる者がいたとしても、この灯はそいつを招き寄せるよりも、むしろ遠ざけるだろう。

やがて、台所を残して他の灯が全て消えた。それを待っていたかのように、九ツ（午前零時）の鐘の音が響いてきた。

台所の灯は小さい。煙抜きの向こうを覗けば、豆粒ほどの大きさだ。常夜灯として瓦灯でも置いてあるのかもしれない。それ以外は、外の厠に通じる引き戸のところさえ、明かりはない。

今夜は半月だ。しかも薄雲が、天女の衣のようにふわりと月の半分を覆っている。

岩末は月を仰ぎ、念じた。行くぞ。段取りどおりにやりとげるぞ。

押し開け窓を窓枠ごと外し、用心深く足元におろす。窓があったところの縁《へり》に手をかけて、身体を引っ張り上げる。まわりは闇だ。夜が満ちている。足を曲げ、窓枠があったところをまたぐ。爪先が積み上げてある座布団の山に触れる。

そうっと、息を殺して、岩末は屋敷の中に入り込んだ。身を沈め、耳を澄ませる。

男のいびきが聞こえる。鼻が詰まったみたいな、汚いいびきだ。

――隣の部屋か。

くそ。近いところで寝ていやがる。

この物置は雑多な物で溢れているが、床はしっかりした板張りで、踏んでも軋む音はたたない。それでも足の裏を滑らせるようにして、岩末は物置の出入口へ向かった。

唐紙だ。引き手の金具は丸い。そこに指をかける。いびきが「ぐ、ぐ」と詰まって止んだ。岩末もその場で岩の像のように止まった。

「ぐふぅ。ぐ、ぐ」

またいびきが始まった。岩末はそっと唐紙を開けた。窓枠を外してしまったところから、薄い月の光が差し込んでくる。

岩末の影が、反対側の土壁にぼんやりと映った。

いびきは続いている。他の物音はない。この廊下を左に進むと、地下の座敷牢へ通じる階段か梯子《はしご》段があるはずだ。外から観察し、頭のなかで何枚も間取り図を描いてみた。

そうでなかったら、地下に洞窟でもない限り、理屈に合わない。

指先で壁に触れながら、岩末は屋敷の内側に淀んだ闇のなかを進んだ。すぐと、二畳ほどの広さの板の間に出た。その真ん中に落とし戸が開いている。上げ蓋は短いつっかえ棒に支えられている。

覗き込むと、真っ直ぐな梯子があった。その下の壁に小さい燭台が打ち付けてあって、爪の先ほどの炎が揺れていた。

岩末は息を止めて梯子を下りた。心の臓がどきんどきんと打っている。耳元で血が騒いでいる。

梯子を下りきり、振り返ると、目の前に太い格子が並んでいた。縦横《たてよこ》にぶっちがい。岩末の腕ほどの太さの格子――まさに牢だ。

その奥に薄べったい布団が一つ敷いてあり、その上で子供が二人、かい巻きを頭からかぶって身を寄せていた。

岩末は、口の前に指を一本立ててみせた。豆粒ほどの炎でも、この仕草は見えたはずだ。

座敷牢の中に、家具や道具らしいものは見当たらない。ここの壁にも燭台が打ち付けてあるが、今は灯がついていない。岩末とこの子らが指先を触れ合わせたあの算盤ほどの大きさの格子窓を、半月の光が浮き上がらせている。しかし、この内にまで差し掛けてくる力はない。

せんべい布団のほかには何もない座敷牢なのに、戸締まりだけは厳重だった。出入口は、右手にある潜《くぐ》り戸だけで、高さ三尺ほどのところに、一、二、三、数えて三つの錠前がぶらさがっている。

一つ一つは安っぽい、造りの甘い錠前だ。閉じ込めている女子供と、その世話をさせている奉公人のお仕着せを、古くなったからといって焼き捨てずに、一文にでもなればいいと古着屋に売る。そのがめつさが、錠前の安っぽさにも表れていた。

——あるいは、てめえのこの鬼畜のような所業を、ちっとも鬼畜だと思っていねえのか。

落ち着け、落ち着け。岩末は手早く三つの錠前を開けた。赤子の手をひねるようだ。道具と技さえあれば、屁でもない。なのに、不運な母子はこんなものに閉じ込められていた。

息を止めて、かたつむりが這うくらいの速さで潜り戸を開く。

子供らを手招きする。こっちへおいで。

先に動いたのは、弟の方だった。両手を床につき、はいはいしてくる。左脚が動きにくいようで、引き摺っている。

「姉ちゃん」

弟が姉を促した。はいはいの片手をあげて、姉の方に差し伸べる。

姉の目がきらきらしている。眼差しが震えている。口元も震えている。すぐと、身体ぜんたいが震え始める。

かい巻きのなかから滑り出ると、姉もはいはいして岩末に近づいてきた。弟と並ぶと、助け起こして膝立ちになる。

「よし、おっちゃんの方へおいで」

弟を抱き取り、潜り戸に頭をぶつけぬように慎重に、座敷牢の格子の外へ出した。それから姉の手を引こうとすると、姉はもう潜り戸を抜けていた。

「姉ちゃんは俺についておいで。弟はおんぶしてやる。さあ、背中に——」

そのとき。

「何していやがんだ」

声がして、龕灯《がんどう》がぬうっと目の前に突きつけられた。岩末の頭のなかが真っ白になったのは、その眩しさに目がくらんだからではない。

定六を思い出させる、あの若いお仕着せ男が、梯子段の下に立ちはだかっていた。

「何もんだ、てめえは」

脅しつけるような声音で問われた瞬間、岩末のなかで何かが弾けた。

「あたしはとっさに、帯のあいだに差した探り針をつかんでいました」

黒白の間に敷いた寝床の上で、岩末爺さんは語る。声音に張りが出てきた。こめかみにうっすらと汗が浮いている。

「相手は龕灯を掲げていたんで、顔は陰になっちまっていた。だけどそのときのあたしは、狙いをつけるとか、そんな余裕はなかったもんだから」

探り針をお仕着せ男の顔めがけて、ただ一心に突き出した。

「手応えがありました。血がぱっと跳ねて、土壁にかかって」

若いお仕着せ男は、ぎゃっと叫んだ。龕灯を取り落とす。音がたつ――と岩末がひやっとした刹那、足元にいた姉が寸前で龕灯を受け止めて、その灯を吹き消した。

闇が戻った。何かが岩末の顔にかかる。生暖かく、べとべとした水のようなもの。

血だ。わかったと同時に、若いお仕着せ男が尻餅をつくように、その場に崩れ落ちた。

「あたしの突き出した探り針は、男の喉を突いていたんでさ」

若いお仕着せ男は、壊れた人形のように土壁にもたれ、血を止めようとするのか、弱々しく腕を動かす。濁った溜息のようなものを吐き出すたびに、ぐ、ぐぐと声が漏れる。

ごとん。何かが床に落ちた。そのときようやく岩末は、今の今まで、お仕着せ男の首に探り針が深く刺さったままであったことに気がついた。

「慌てて手探りして、探り針を拾い上げると帯のあいだに突っ込んで」

岩末は子供らをせき立てた。弟を背負い、姉の手を引く。

「いびきの主がこいつだったらいいが、年かさの方だったら、この物音で起きてくるかもしれねえ。生きた心地がしませんでした」

だが、夜の闇はこっちに味方してくれた。窓枠を外した物置の方へ向かおうとして、岩末は、またいびきの音を耳にしたのだ。

「ありがてえ。このまま逃げられる」

まず弟を、次に姉を抱え上げて外に出した。冷え切った夜気。半月が雲に隠されたのか、いったん翳《かげ》る。

「さあ、自分の番だと思って身体を持ち上げたとき、後ろから襟首をつかまれました」

問答無用の強い力でねじ上げられて、岩末は息が止まりそうになった。顔がかあっと熱くなるほど、容赦のない締め上げだった。

「おまえ、ここで何をしているんだ」

初めて耳にする声音だった。

「光二郎だとわかりました」

そんなふうに感じるのが癪《しやく》だったけれど、二人のお仕着せ男よりも、口調が上品だったのだ。

「あたしはそのまんま吊り上げられて、爪先が宙に浮いていました」

ぶら下げられたまま、ぐるりと向きを変えられた。鼻先がくっつきそうなほど間近に見る炭蝶の光二郎は、

「相撲取りのような大男でござんした」

力も強い。首を絞められて息ができず、岩末が必死でじたばた暴れても、カトンボにからまれているぐらいにしか感じないのだろう。

その目はまばたきもせず、岩末を見つめていた。睨んではいない。目を尖らせてもいない。牛のような目だった。

「兄さんに言われて、女を逃がしにきたのかい」

一本調子に、泡を食ったふうは欠片もなく、光二郎は問うてきた。

「あいにく、おちょうならとっくに壊れちまったから、捨てたよ」

その言葉に、窓の外へ逃れた姉の方が、かすかな泣き声をあげるのを聞いた。

「あたしは声なんか出せねえ。頭がふくらんで、熟れた西瓜《すいか》みたいに割れそうだった」

声なき声で、心のなかでは叫んでいた。逃げろ、二人で逃げ出せ。雑木林のなかに入っちまえば逃げ切れる。おっさんのことなんか放って逃げてくれ——

「自分の首の骨がみしみし鳴っているのが聞こえて」

ぶら下げられたまんま、くびり殺される。

「これがあたしの最期なのか。こういう形で死ぬのが神罰だったのか」

酷すぎやしまいか。岩末はどんな酷い形で死んでもいい。だが、あの姉弟は逃がしてやってくれ。あの子たちを助けてからならば、俺はどうなったっていい。

耳が詰まって、遠くなってゆく。光二郎がもう一人残ったお仕着せ男を呼んでいる。

おおい、五郎助《ごろすけ》！　寝惚けてないで早くこっちへ来い。おさよが盗み出されるところだったぞぉ――

姉弟の姉の方の名前はおさよか。助けてあげることはかなわず、名前だけ知って、もっと辛くなるだけだ。

「光二郎さん、こいつぁ何事で？」

「泥棒だよ。おさよと市松《いちまつ》を逃がそうとしていたんだ。兄さんの差し金だろうかね。おまえ、何か知らないか」

人の皮をかぶった鬼畜のやりとりだ。

「あたしはもがいて、身をよじって、筒袖に隠した錐をつかみました」

窮鼠《きゅうそ》猫を嚙む。岩末はもう目が見えない。呼気を絞り出され、肺腑がつぶれた。

「あたしが錐を振り上げたところに、光二郎に近寄ってきたお仕着せの男が、ちょうど顔を出してくれた」

振り回した錐の先が、お仕着せの男の肩に刺さった。うわっと悲鳴があがり、その一瞬、驚きで光二郎の気がそれて、岩末を締め上げる力が弛んだ。

「あたしは足をじたばたさせて、光二郎の手をふりほどきました」

しかし、息が止まっていたせいで、身体に力が入らない。そのまま床に落ちて座り込んだだけだったが、

「もう一つ、筒袖のなかに得物が残ってた」

細刃の引き鋸だ。

「それを握りしめると、目の前にあった光二郎の片っぽうの足首、くるぶしのところを思いっきり横に引き切ってやったんだ」

光二郎は阿鼻叫喚《あびきようかん》の体で声をあげ、顔を真っ白にして、岩末の首根っこをつかみ直した。

そして妙に平らな口調で言った。

殺してやる。

「激すると顔が白くなる。まっとうな人ならば血が昇って赤くなるのに、こいつは逆だ」

血も涙もねえんだ。怒声もあげねえ。こいつには情ってもんがねえ。魂がねえ。

「うるさいぞ五郎助、大した怪我でもねえのに騒ぐなよ」

「この野郎、まだ得物を隠してるかもしれねえ。探ってみてからでねえと、危のうござ

んすよ、光二郎さん」

五郎助の忠言で、光二郎は片手で岩末の首を締め上げながら、片手でその身体を探り始めた。

「あたしは、もうどうすることもできなかった」

ここで死ぬ。おさよと市松はもとの暗闇に逆戻りだ。俺じゃあの子らを助けられなかった。あの子らのおっかさんの必死の願いをかなえられなかった。

だけど神様、こりゃ酷すぎる。

そのとき、「何だこりゃ」と声をあげながら、

「光二郎が、あたしが首から提げている小袋を見つけて、紐を引きちぎった」

岩末が神田の町を去るとき、最後に参ろうとして参れなかった、神田明神の裏参道の石段から転がり落ちてきた小石。

あの漬物石と同じ色の礫。

角は丸いが鏃の形に見えなくもない。

気を失う寸前に、岩末は見た。

光二郎がつかんだ小袋に、光が宿るのを。

「熾火《おきび》みたいに真っ赤な光でござんした」

光はみるみる大きくなり、光二郎と岩末の顔と、後ろにいる五郎助の顔を、物置部屋

の土壁を、しみだらけの天井を照らし出した。

それは炎の光。

地上に現れ出でた懲罰の劫火。

次の瞬間、小袋が爆ぜた。あの鏃のような礫が、ひょう——と空を切って、まず光二郎の額に、ついで五郎助の顔の真ん中に風穴を開けた。

ごおおおおお。

物置部屋全体が揺れ始め、天井の一角に、ぽつりと赤い点が浮かび上がった。それはすぐと横に流れて線になり、どんどん長く延びていく。

「おじさん、おじさん！」

窓の外で、おさよが必死に呼びかけている。

「火が出たよ！　火事だよ！　逃げなくちゃ。立って、さあ立って、逃げるんだよ！」

炎が走る。生きもののように。逃げろ、岩末。もうここに用はない。全ては終わった。

「……気がついたら、あたしは外に出ていました」

痩せこけた姉のおさよ。足の動かぬ弟の市松。首のまわりに締め上げられた指の痕もくっきりと、死人の一歩手前の顔色の岩末。

三人が抱き合い、支え合って見守るうちに、炭蝶の寮——光二郎の密かな悪事の巣は、夜明け前の空を朝焼けよりも赤く染めながら、ごうごうと焼け落ちていった。

光二郎が勝手に「おちょう」と名付け、寮の座敷牢に閉じ込めたまま死なせてしまった女は、本当の名を「おりつ」といった。

「十年ばかり前、近在の村で行方知れずになった若い母親でした」

神隠しに遭ったのか、人さらいの手にかかったのか。おりつの亭主は村の田圃持ちの倅で、夫婦のあいだには女の赤子が生まれたばかりだった。

「ああ、それじゃあ、光二郎たちに〈おさよ〉と呼ばれていた女の子の方は」

「ええ。おりつさんとご亭主の子だったんでござんすよ。この子も、本当の名前は違ってました」

おりつは村でも指折りの器量よしだった。産後の肥立ちがよく、年若い母親になったことで、むしろいっそう美しくなったようにさえ見えたから、夫婦仲も睦まじかった。なのに、ある朝赤子を背負って川へ洗いものに行ったきり、ふっつり姿を消してしまったのだった。

そのとき、おりつの歳は十八。若い娘が好きでたまらず、どんな手を使ってもものにせずにはいられぬ光二郎の目にとまってしまったことが禍《わざわい》だった。

「おりつさんのことを、ご亭主はもちろん、村の衆は忘れちゃいなかった。だから、その後の後始末は、あたしなんぞの他所者がどうこうする必要もなく、するすると運びました」

炭蝶の寮の火事は、失火で片付けられた。実際、焼跡を調べても、そのようにしか見えなかったそうだ。

富次郎は尋ねた。「だけど、光二郎たちの亡骸は――」

調べれば、岩末が与えた傷が残っていたのではあるまいか。

岩末爺さんはかぶりを振って、「何ですかねえ、炭みたいに真っ黒けで、誰が誰やら見分けがつかねえほどだったそうですわ」

光二郎がお仕着せ男の五郎助としゃべっていたとおり、炭蝶の主人は、雑木林のなかの寮に追いやってしまった弟が、そこで地元の若い女をさらって閉じ込め、悪さをしていることを知っていた。知っていながら咎めもせず、むしろ世話をして養ってやっていたのだから、こっちもたいがいの悪《わる》だ。

しかし悔しいことに、おりつの村からの働きかけでは、炭蝶の罪を問うことはできなかった。

「ただ、世間の噂ってもんはあるからね。人の口には戸を立てられねえ」

この事件から何年かのあいだに、炭蝶はすっかり商いが傾き、やがて離散してしまったそうである。

富次郎は岩末爺さんの顔を見た。爺さんは小首をかしげて、黒白の間の隅っこへ目を逃がしている。

頃合いを見計らい、ゆっくりと言葉を差し出すように、富次郎は言った。

「――いかがですかね、岩末さん」

我が身に起きた出来事を、振り返ってみたならば。

「氏神様は、岩末さんを罰するどころか、お助けくださったんじゃありませんか」

肌身離さず持ち歩いていた礫が、鬼畜のごとき悪人の額に風穴を空けてくれたのだから。

それがなかったら、岩末は雑木林のなかの屋敷で犬死にしていたことだろうし、おりつの遺児たちも、日の目を見ることのないまま、いったいどんな過酷な暮らしを強いられたことだろう。とりわけ姉の方は――と、想いを巡らせるのも恐ろしい。

「岩末さんが恐れていた神罰は、この出来事が起こったとき――あなたが四十三歳のおじさんだったころに、きちんと済んでいたんですよ」

優しく言い聞かせるように、富次郎は言った。岩末はまだそっぽを向いて、逃げている。

「そんなふうに――てめえに都合いいように考えるのは」

嫌だったと、小声で言う。

「まだ終わっていないと思いたかったんですか」

岩末は答えない。頑なだとばかり思っていたその横顔に、ふと頼りない、寂しげな色を見つけて、富次郎は胸を打たれた。

「わたしは、岩末さんが生き延びてくれたことを、心の底からよかったと思います」

岩末爺さんが「生きていた」ことではなく、「生き延びていた」こと。自分はどうしてこの言い方をしたのだろう。考えて、富次郎はあることに思い至った。

「ねえ、岩末さん。もしもあなたが神罰に怯えず、ただ自分のしでかした罪を悔やんで恐れているだけだったら、どうなっていたでしょうね」

訝しげに目を細めて、ようやく岩末爺さんがこっちを見た。

「どうなってって……」

「人殺しの罪の重さに潰されて、さっさと自分から死を選んでいたんじゃありませんか。わたしはそんな気がします」

岩末爺さんの顔が歪んだ。「三島屋の若旦那、ずいぶんなことを、ずいぶんと明るい顔でおっしゃるもんで」

「わたしは若旦那ではなく、小旦那でございます」富次郎はしれっとして続けた。「だけど実際には、あなたは〈いつか下される神罰を身に受けるために〉、必死で生きた。手前勝手な了見で、自分から死んであの世に逃げたりせずに、一生懸命生き続けた」

バカみたいにまっとうに、真っ直ぐに。

「だから、自棄《やけ》を起こして本物の悪人に堕ちてしまうこともなかった」

自分をごまかすことなく、道を踏み誤ることもなく、正直に苦しんで苦しんで、苦しみ抜いたからこそ、岩末爺さんはここまで正しく生きることができたのだ。

それこそが、氏神様の与えてくださった試練であると同時に、慈悲だったのではあるまいか。

「そういう年月を耐えて耐え続けたあなたが、またぞろ奇禍に出遭い、今度という今度は幼い姉弟を助け出すことができて、試練は終わったんです。残っているのはお慈悲だけでございますよ」

これこそ真に、氏子冥利に尽きる人生ではあるまいか。

ぽかんとしたような静けさが、黒白の間に落ちてきた。富次郎は嬉しくて――美味《おい》しいものを食べているときみたいに、ただただ嬉しくて心が和らぎ、にこにこしていた。

岩末爺さんは呆然として、口が半開きになっている。

「岩末さん、今はまた神田にお住まいなんでしょ？　いつ戻ってこられたんですか」

問いかけに、爺さんはぽかんとしたまま、寝言みたいに返答をする。

「五年前に――最初にあたしを引き取ってくれた錠前屋を継いでた息子さんが、病で亡くなりましてね」

職人はいるが、まだ年若く、店を一軒背負わせるには頼りない。

「だからあたしに戻っちゃくれまいかと、差配さんから話があったんでさ。あたしは……こっちに帰るのは気が進まなかったけど」

親方を亡くした若い職人と、まだ少女の面影のあるその女房が途方に暮れているのを、放っておくことはできなかった。

「なるほど。それで帰っていらしたわけだ。もしかして、岩末さんが今〈倅〉と〈嫁〉と呼んでいるのは、その若夫婦ですかね」

「へえ」顎をすとんと落とすみたいに、岩末爺さんはうなずいた。「そう呼んでくれって、頼まれましてね」

歳をとればとるほどに、素直になった方が可愛い。お民がよく言っている。あたしは可愛いお婆ちゃんになるのさ。なるほど、今の岩末爺さんは可愛らしい。

「あたしは、こっちに帰ってきて以来、誰かしらの月命日には、明神様にお参りに行くようにしてきたんですよ」

もちろん、正面の参道は通れない。

「いつも裏参道の石段をのぼって」

お参りを終えて帰るときには、本殿に顔を向けたまま、後ずさりして石段を降りる。

「だって尻を向けられねえし」

そうやって後ずさりで降りているうちに、いつか決着が付くのではないかと、恃《たの》む気持ちもあった。

「どういう決着ですか」

「足を踏み外して……さっさと死ねるんじゃねえかと」

ああ！　富次郎は膝を打った。だからあのとき、岩末爺さんは宙に身を投げ出して、

――有り難やぁ。

と呟いたのか。

「なのに、わたしみたいなお節介焼きが出しゃばって、岩末さんを拾って助けちまいました」

「まったくでござんすよ。いい迷惑だ」

富次郎はあははと笑った。胸を開いて笑う内にもう一つ、快い考えがわいてきた。

「そういうことだったなら、岩末さんね、ご安心くださいよ。今日で本当のホント、あなたのお役は終わりです。どうしてかって言ったら、端くれの氏子として大変な働きをしてきたあなただけど」

たった一つ、やっていないことがあった。

「それはね、あなたの苦難と勇気のこの話を、誰かに語って聞かせることです」

変わり百物語の聞き手を務めて、富次郎もようやく知ったことがある。一人の胸の内に秘められているうちは、どんな怪事も、どんな不可思議も、起きていないのと同じだ

ということだ。

人は語って、初めて生きる。

「このお節介焼きの三島屋の小旦那が、本日お日柄もよろしくて、岩末さんのお話をしっかり聞き届けてございます。これにて、あなたはまことに、お役御免とあいなりました」

これからは、好きに生きていい。

「まだ後ずさりを続けるおつもりならば、それはそれで結構でございますよ。わたしも付き合いのいいのが自慢の小旦那でございますから、いつでもまた岩末さんを拾って、おんぶして差し上げます」

富次郎の陽気な言の語尾が消えるまで、岩末爺さんは黙りこくっていた。

それから、ふっと笑った。口の端をえぐるような笑みではなく、目元も頬もくちびるも緩めて、やわらかく笑った。


お使い走り新太のお手柄で、夕暮れ時には、岩末爺さんの倅と嫁をつかまえることができた。爺さんはずいぶんと照れくさそうに、若夫婦に挟まれ、労《いたわ》られながら帰っていった。

その背中を見送りながら、富次郎は思った。岩末爺さんは、今日を限りに、きっとあの眼を失うはずだ。一瞥で富次郎を震え上がらせた人殺しの眼。爺さんが、他の誰でもない、ともすれば忘却のなかに逃げ込もうとする自分自身の魂を睨み据え、繋ぎ止めておくために光らせていた眼だ。

——もう、用はないさ。

それからほどなくして、寄り合いを終えた伊兵衛が帰宅した。

「お帰りなさい、おとっつぁん」

「ただいま。おまえも出かけていたんだよね。弁当屋はどうだった?」

「いい店でございましたよ」

とはいえ、椿事があって菓子屋と水菓子の手配のことはお預けだ。明日、大急ぎで回ってこよう。

「何か急用があったのかい」

問われて、富次郎はちょっと返答を考えた。「この富次郎、今年のお祭の支度に、ねじり鉢巻きをして勇みたくなるようなことがございました」

伊兵衛は面白そうに目をしばたたく。「へえ。そりゃまたどんな」

申せません。変わり百物語のお約束だ。

「それよりおとっつぁん、三島町は今年の附祭に、何をお題にするんでございますか」

「ああ、〈桃太郎〉さ」

桃から産まれた桃太郎。犬、猿、雉子《きじ》をお供に従えて――

「鬼退治でございますね」

この世の「鬼」と、それに打ち負かされる脆い人の命。しかし、「鬼」と闘うのもまた人だ。神を仰ぎ恐れつつ、己の本分を尽くす卑小な人。

「いいお題でございますね」

「今ふうの突飛なものよりも、昔話を大事にしようというのさ」

うなずき合う父子の鼻先を、夕風に巻かれた桜の花びらが、ひらりひらりと舞ってゆく。

あといくつか寝れば、江戸の町は春爛漫《らんまん》に包まれる。

初出
祭りぎらい　オール讀物二〇二三年五月号
天下祭　オール讀物二〇二三年五月号
関羽の頭頂　書下ろし
往来絵巻　オール讀物二〇二三年十一月号
氏子冥利　オール讀物二〇二三年五月号

本書は文春文庫オリジナルです。

文春文庫

江戸《えど》に花《はな》咲《さ》く
時代小説《じだいしょうせつ》アンソロジー

定価はカバーに
表示してあります

2024年1月10日　第1刷
2024年1月25日　第2刷

著　者　宮部《みやべ》みゆき　諸田玲子《もろたれいこ》　西條奈加《さいじょうなか》
高瀬乃一《たかせのいち》　三本雅彦《みもとまさひこ》
発行者　大沼貴之
発行所　株式会社 文藝春秋

東京都千代田区紀尾井町 3-23　〒102-8008
TEL　03・3265・1211㈹
文藝春秋ホームページ　http://www.bunshun.co.jp

落丁、乱丁本は、お手数ですが小社製作部宛お送り下さい。送料小社負担でお取替致します。

印刷・TOPPAN　製本・加藤製本
Printed in Japan
ISBN978-4-16-792155-2